NF文庫
ノンフィクション

戦場を飛ぶ

空に印された人と乗機のキャリア

渡辺洋二

潮書房光人新社

はじめに

個人的に始まる諍《いさか》いの規模をどんどん大きくして、行き着く敵対行動の究極が世界大戦だ。地球外生物との戦いが具現化しないかぎり、国々が二つに分かれて相手陣営を屈服させようとする世界大戦を、超える争いは出てこない。

第二次世界大戦の背景、思想、経過、戦略などを、滔々《とうとう》と述べ、書きつづる意欲が湧いた試しは著者にはない。実際の壮大さに唖然とはしても、それらを系統だてて著し、読者各位に大戦争に対する理解と納得を求める気持ちに至らないのだ。

逆にスケールを縮ませ続けて、戦争の一部分のそのまた一部、さらに絞って個人が浮かび上がる範囲で、空の戦いのありさま、人間の心の在り方、飛行機の特徴と優劣を記述しよう——こんな願望からスタートしたのが著者の一連の短篇である。

題材の主体は、日本陸海軍の航空部隊を構成する人々だ。他国を中心にすえた実録も少数あるけれども、それは機器材の内容、部隊の構成や戦闘状況を取りあつかい、人員は補助的に登場するかたちにした。

日本人を描くなら、本人が生存の場合は直接取材でき、疑問点をたずねられる。回答が腑に落ちなければ、関係者からあらためて聴取し、一次資料ほかを捜して傍証を得られる場合が多い。それに、同じ人種だから思考や判断への読み取り、推定をなしやすい点もある。できごとの各種背景、状況への理解と把握についても同様だ。人種、環境、思考などが異なれば、想念や見当が思わぬ陥穽《かんせい》にはまりかねない。

とくに短篇の場合、枝葉を増やせないから、採り上げる対象はどうしても限られる。それならば、特定人物からみた航空戦や飛行機を通じて、戦争を描写したい。さまざまに異なった視野、異なった戦局、異なった判断は、それぞれに戦いの多彩さを教えてくれ、得るべきものが必ずある。多くの局面を知識にできれば、航空戦とは何であるのかを把握する助けになるに違いない。

そのためにも、日本人の空の戦歴を追求してきたつもりだ。脚色を混ぜこもうとする考えは、いっさい持たなかった。

はるか過去へと去った太平洋戦争の渦中で、陸軍の空中勤務者、海軍の搭乗員をメインに置いて、航空部隊関係者がいかに考え、どのように戦いに加わったかを記述した。読み知られたうえで、内容のおよぶ域に著者以上に心を馳《は》せ、自身のフィールドに生かしていただければ、と願っている。

＊本文中で「」内の〔〕は話し手が省略した言葉、（）は著者の捕捉。

＊トップスピードの日本語表記について、陸軍機に最大速度、海軍機には最高速度を用いた。

戦場を飛ぶ――目次

戦場を飛ぶ

空に印された人と乗機のキャリア

火中に立つ将校操縦者

——本土邀撃《ようげき》戦と「秋水」への訓練

第五十六期、五十七期航空士官候補生（航士五十六～五十七期）を卒業した戦闘分科の将校操縦者は、敗色が濃さを増す昭和十九～二十年（一九四四～四五年）の戦況のただなか、責務と期待をせおって、強敵が待つ暗雲の空へ離陸した。

とりわけ航士五十六期出身者は、ベテラン上位者の僚機として、あるいは二～三個小隊をリードして、対爆撃機、対戦闘機の空戦に率先参加し、一方で特攻隊の指揮をとって突入するなど、諸種航空戦の帰趨《きすう》に関与し続けた。みな二十二～二十三歳の若さだったのに。

海軍兵学校の同時期の入校者は第七十一期生徒（海兵七十一期）だ。20年の初めには戦闘機隊分隊長の辞令を受け始めるから、似た境遇と言えるだろう。

人生経験を大きく上まわる任務、判断を望まれた彼らの、難局における思考判断、行動決意はいかようであったのか。内面と外面の実際を知れるならと、かつて対談を試みた。

明野飛行学校・将校集会所の前に建てられた荒鷲の塔。見敵必殺の気概を示す。

格闘戦の腕が命を救う

林安仁《やすひと》さん「父親も陸士を出た、というのは特に珍しくはなかった。私の親父も三十一期です。それで飛行機が好きだから、東京陸軍幼年学校〔旧制中学に相当〕から航士校へのコースは、子供のときに決まっていたとも言えますよ」

筆者「五十六期は航士校で二年四ヵ月学んで、十八年五月に卒業ですね」

林「操縦の半分、二〇〇名が戦闘分科です。制空権を取りあう消耗戦のために」

筆「〔戦技教育の〕乙種学生は明野〔飛行学校〕ですか」

林「ええ。五十六期までは乙学は全員が明野でした。まず九七〔式〕戦〔闘機〕、途中でキの四三《よんさん》〔一式戦闘機〕を使って、明けても暮れても編隊空戦ばかり演練した。あのドイツ流ロッテ戦法というやつ。それまで中心を占めた単機空戦での高位戦や低位戦、追尾と対進なんか、ほとんどやりません」

第54、第55期の航空士官候補生出身者が乙種学生の後半で使った明野飛校の一式二型および一型(右端遠方)戦闘機。これで単機格闘戦を身につけた。

筆「日本機のお家芸の格闘戦を捨てて……」

林「東部ニューギニアなんかで米軍の編隊機動に圧倒され、目がくらんだ。だが編隊空戦をやるには、まず機数、聴こえる無線、それに速度と火力重視の機材がいりますよ。そのどれもないんだから」

筆「編隊機動向きの操縦者も不可欠ですね」

林「それそれ。だからわれわれが、それを仰せつかった」

筆「日本の実情を把握すれば、まず単機空戦をみっちりやって、それから編隊へ移るべき……」

林「しかも九七戦とキ四三だから、一撃離脱なんかできません。十八年十一月に乙学を終えて、部隊へ配属される。戦闘分科の五十六期(八月に中尉進級)をざっと分けると、すぐに実戦部隊へ行った者、延長学生として明野に残った者、われわれのような水戸の分校（明野飛行学校分校）行きの三種類でした。

隊付《たいづき》でまもなく戦地へ出たやつらはかわいそうでした。ロッテしかやってないんだから。部隊で単機の特訓を受けられた者もいたでしょうが。明野飛校の方針変更で、明野残留組は長短の差はあるけど、追加訓練で単機戦闘を教えられたから、

檮原秀見中佐の格闘戦必修主義が航士56期生出身将校の一部を被墜から救った。

まだマシだった。助かったのは分校行きのわれわれ一五名です」

筆「ノモンハンで鳴らした、格闘戦の権威・檮原秀見《ゆすはらひでみ》中佐がいたからですか」

林「そのとおり。明野のロッテ一本槍に反論した檮原中佐が戦闘隊の教育責任者でした。『格闘をやらんと落とされるぞ』と所信を伝え、五十六期にキ四三の単機戦訓練を命じてくれました。これを身に付けたのが、劣勢下の空戦でどんなに役に立ったか。相手の機動も読めるし」

筆「集中訓練ですね」

林「そう。上空で燃料が切れるまでやって、切れたら滑空で降りてくる。すぐ燃料を入れて離陸します」

筆「こんな調子で覚えれば自信がつくでしょう」

林「もちろんです。まず自分に納得するのが欠かせない。夜戦研究班の有滝〔孝之助〕大尉なんか、好みでなくてもキ四五《よんごー》〔改。二式複座戦闘機〕の操縦がそりゃうまくて、鼻にかけていました。われわれトンボ（戦闘機乗り）には、この自尊心が当り前。結局は、単機空戦の技倆《ぎりょう》が自分を助けるんですから」

筆「個人的にも習ったと聞いていますが」

林「檮原さんは抜群にうまいが、教示はしません。少佐クラスにも頼みにくい。それに、あんまりうまいとコツを教えてもらえない。腕のいい人と、教え上手な人は違うんです。少飛（少年飛行兵）一～二期や叩き上げの准尉も、少しうますぎる。こっちより一段上手な下士官に教わるのがいいんです。

こっちが（高度が高くて有利な）高位戦（海軍では優位戦と称した）の場合でも、相手が確実にうまい人なら逆転され、抑えこまれてしまいます」

分校で教え、教えられ

筆「次の五十七期の戦闘分科は、十九年三月に二九九名が航士校を出て、内八九名が初めて明野本校以外、つまり分校で乙学教育を受けますね」

林「五十七期六名で一個班を作り、五十五期以上（中尉以上）一名が担当教官を務め、われわれ五十六期一五名の一名ずつが補佐教官で付きます。全部で一五個班、乙学八九名」

筆「戦技教育は分校の水戸東《ひがし》（前渡《まえわたり》）飛行場で？」
林「それと秋田県の能代《のしろ》（東雲《しののめ》）飛行場の両方です。まず私の班を含む半分が能代へ行って、キ四三—Ⅱ〔一式二型戦闘機〕で単機の格闘訓練から始めた。離陸するとすぐ海なんで、訓練をやりやすい。障害物がなくて、不時着も楽ですから」
筆「学生にも適性の差があるでしょう」
林「もちろん。機動させると、すぐ分かります。教官たちの上で指示を出す大尉クラスのひとり、黒野〔正二〕さんなんか手合せしてみないで、『あいつが一番うまくなる』と見抜くんです」
筆「さすが飛行キャリア一五年の超ベテラン。黒野大尉の技倆は？」
林「非常にうまい。天性の操縦職人で、射撃も抜群です。『弾が当たらないのは、どうすればいいんですか？』『飛行機を止めれば絶対に当たる』。機位と機動を相手と同じにすれば命中する、ということ。実にそのとおりで、この教えを受けてから当たり出しました。

明野飛校・水戸分校の能代飛行場で57期を指導する56期出身の補助教官たち。左から林安仁、栗原恭一、本多恵一少尉。

五十七期乙学を教えるほかは、昼は二単《にたん》と呼んだキ四四《よんよん》（二式戦闘機）で高高度飛行、夜ならキ四三で夜間飛行の訓練です。すわりがよくて射撃照準の精度が高い、二単が好みなんですが、高空では安定を保てない。四三のⅡ型は故障知らずで、飛ぶだけなら何の問題もないのに、単排気に直したⅡ型（いわゆる二型改）、Ⅲ型（正確にはⅡ、Ⅲなどに「型」は付かない。一式三型戦闘機甲）はどうしてあんな具合に不出来だったのか」

筆「明野の本校では、一式戦三型は速いし好評を博したんですが」

林「いやいや、故障が多発しました。十月の比島《フィリピン》空輸でルソン島のニルソン（マニラの南）まで行ったときも、滑油を噴いて往生したし、機関砲（一二・七ミリのホ一〇三）は試射しても弾が出ない。粗製機だったのかな」

筆「初期生産機で、不具合が多かったのかも。」

黒野正二大尉は抜群の判断力と操縦能力を発揮する。

林「それに単排気管に変わって、排気音がやかましいから、いちいち〔可動〕風防——われわれは天蓋《てんがい》と呼びましたが——を閉めなきゃならない」

筆「海軍と違って、陸軍は風防を開けて飛びますね」

林「基本的に、戦闘時はいつも開けています。『〔高度〕一万メートルでも開けておけ』と言われ、自分

単機戦の演練には一式戦二型がいちばん適していた。昭和19年(1944年)9月、能代飛行場に訓練のため持ちこまれた常陸教導飛行師団の所属機。

の上昇限度だった一万八〇〇メートルに達したときも、そうしてましたね」

筆「風圧や寒さがひどくないですか？」

林「それよりも風防を閉めると、戦車の中にいるのと同じで、刺激が薄れて気がゆるんでしまう。習い性《しょう》、の面もあったでしょう。緊張しているから、疲労感はありません。比島空輸のときは長距離の巡航なので、閉じてましたけど」

筆「他機種から戦闘分科への転科や、他兵科からの召集佐尉官操縦学生の訓練も担当しましたか」

林「有滝さんの下でやりました。陸士五十七期の転科学生は、若くて素直だから教えやすい。地上〔兵科〕からの古い人はこれと大違いで、練習機の離着陸までで精いっぱいです。地上指揮の戦隊長要員なんでしょうか、こっちは中尉（十九年八月に進級）だったし、往生しました。重爆分科、偵察分科（海軍の偵察員ではなく偵察機の操縦者）からの人は、たいてい旋回がうまくならない」
筆「林さんが最高点をつける機は？」
林「そりゃキの一〇〇《ひゃく》、五式戦ですよ。キ四三より速くて、射撃時の安定もいい。二単より上で、格闘戦に入ってなんでもやれる気がします。〔航空〕審査部に移ってから、二十年の春に乗りました。キ八四（四式戦闘機）は重すぎる」

特攻を正視する心境

筆「本校も分校も、ともに十九年六月二十日付で、それぞれ明野教導飛行師団と常陸《ひたち》教導飛行師団に改編されて、官衙《かんが》（役所）から軍隊に変わりました」
林「そのころからわれわれの自主的訓練が、対戦〔闘機〕から対爆〔撃機〕中心に移っていったように覚えています。追尾よりも、前方からの攻撃。大陸からのB－29による北九州空襲が、影響したんでしょう」
筆「特攻諾否《だくひ》の打診が来たのは、比島決戦発動の半月前、九月末〜十月初めだそうですが？」
林「そのあたりですよ。師団司令部から師団長の古屋〔健三〕少将の名で、〔日露戦争の旅順攻略戦の決死隊だった〕白襷《しろだすき》隊を例に出して、どうかと個人個人にたずねる手紙が来た。同期一五名は相談しません。そんな必要はない。『白襷隊と同じ決心であります。行きます』と返事を出しました」

明野の分校から常陸教導飛行師団への改編で、九七戦の垂直尾翼に57期の牧野駿少尉が新マークを描く。

筆「五十六期では、まず栗原〔恭《きよ》一《ういち》〕中尉と敦賀《つるが》〔眞二〕中尉が選ばれましたね」

林「師団司令部から知らされて、同期生たちが『おい、栗原が特攻に行くぞ』と語り合いました。能代で陸士五十七期の転科学生を教えていた栗原が、最初の指名を受けたわけです。比島へ行けば突っこむだけですから、私が任じられたら「はい」と答えて、〔特攻〕一番乗り選出を思う（それでよしとして納得する）しかない。五十七期の前でもあるし。

特攻への不満を、栗原は言いませんでした。那《な》珂《か》湊《みなと》の旅館でささやかに送別会をやり、「行ってくるぞ」と言われて、「すまんな」としか答えられません。戦闘機乗りだから、空戦で死ぬなら技倆不足とあきらめがつくんですが。特攻戦死について思うところがあっても、人には言えない。本心を打ち明けるような間柄の同期生は、いなかったでしょう。

栗原の隊のキ四三（－Ⅲ）が常陸から大刀洗（福岡県）へ出るのを、皆で見送りました。

長機の胴体に大きく矢印が描いてあったそうですが、初めての壮行なので気がまわらず、覚えていません。

敦賀とは幼年学校からいっしょの親友でした。『申し訳ないな』と語りかけると、『安《あん》ちゃん（林さん）よ、貴様はいいな。空中戦で死ねるからな。俺は〈体当たりで〉死ぬんだ』。敦賀は泣いていました」

筆「二人はどんな性格でしたか」

林「栗原は気が強いけど、荒武者タイプではありません。それは敦賀です。

57期の教育を打ち合わせる56期の敦賀眞二中尉（左）と山岡勉中尉。栗原中尉に続いて敦賀中尉が特攻隊長の指名を受ける。

とにかく手が早い。〝敦賀のパンチ〟から〝ツルパン〟の渾名《あだな》をもらっていた。五十七期をよく殴る暴れ者でしたが、情に厚くもあった。こんなところが、特攻隊の指揮官に選ばれた理由かも知れません」

筆「栗原中尉は特攻・第二八紘《はっこう》隊（のち一宇隊に改称）、敦賀中尉は第十八紘隊（のち殉義隊）の隊長に任命されて、それぞれ十一月下旬と十二月中旬にフィリピンへ、一式戦三型で進出しますね。両中尉に必死を覚悟させた特攻攻撃は、国力・国情と日本人の特質がなさしめた、と思いますが」
林「軍人でしたから、命令に疑義や不満を抱けません。特攻は、航空を知らない兵科の上層部が推進した、飛行兵を歩兵のように突進させる戦法だった」

B－29、F6Fと戦った

筆「十九年十一月から、B－29の関東空襲が始まります。林さんの出撃状況は?」
林「初めての偵察侵入のとき（十一月一日）も二単で上がったけど、てんで間に合いません。常陸〔教飛師〕で捕捉できたのは一回だけ。二単で前方攻撃をやりました。相手と同高度か、ちょっと上からです。編隊から防御機関砲のすごい弾幕を張られても、有効弾を得られたように見えました」
筆「二式戦は一二・七ミリ機関砲四門のタイプ（丙型）ですか?」
林「はい。常陸の二単は訓練用で胴体砲だけだった（乙型）が、B－29が来始めて翼砲を付け出した。近距離の空対空なら、飛《とび》三号〔無線機〕はよく聴こえたんで、大切に扱いました。戦隊本部へ伝える空対地は、同期の早乙女〔栄作中尉〕みたいに無線に関心がある者のほかは、うまくいかなかったんです」
筆「このあとで転属ですね」

林「十一月の末ごろです。有滝さん、私、同期の篠原（修三中尉）が呼ばれて『特兵隊付を命ず』の辞令を受けました。『特兵隊』の意味が分からず、特攻命令かと」

筆「航空審査部・飛行実験部の特兵隊ですね。ロケット戦闘機『秋水』をテストする目的の。

胴体だけに12.7ミリ機関砲を2門装備し、筒状の照準眼鏡を付けた常陸教飛師の二式二型戦闘機乙は、B－29来襲にそなえて主翼にも2門を持つ光像式照準具の丙に改修されていく。

林さんが乗機などをキ○○の略号／試作名で呼ぶのは、〔東京・福生《ふっさ》の〕審査部にいた影響でしょう。制式化前の機材が多くて、誰もが略号を使うと聞きました。福生でも邀撃を続けましたか？」

林「機名の呼び方は、そのとおりと思います。グライダー訓練をはじめ、いろんな行動を〔飛行実験部〕戦闘隊とは別個にやりました。邀撃のときには、準備線（海軍でいう列線）に置いてある戦闘隊の機を使う。二単しか残っていないときも、好みの機だからちょうどいいけど、高高度でやるには性能不足。この点、キ六《ろく》一《いち》－Ⅱ（改。三式二型戦闘機）はよかった。一万メートルで編隊を組めました。キ一〇〇は別格ですね」

筆「三式戦での手ごたえは？」

林「〔十九～二十年の〕冬の新宿上空九〇〇〇～九五〇〇メートルで、八〇〇〇メートルほどのB－29六～七機でした。四機小隊の長機が有滝さん、僚機が私で、分隊（二機）長・篠原、その僚機が岩沢（三郎）曹長。有滝大尉のリードがうまくて単縦陣で前上方に占位でき、敵の防御火網に突っこんだ。対進（向き合う）だからすぐ距離が詰まって、一撃が精いっぱいです。

確実な有効弾を得られました。B－29が墜落して空中分解に至ったのを、有滝さんが視認しましたよ。確実撃墜（協同）を果たしたのは、このときだけです」

筆「ほかの交戦はどうでした？」

林「戦闘隊の梅川中尉と、キ六一の二機で上がりました。Ⅱ型です」

筆「十七年四月に侵入したB－25を追撃した、梅川亮三郎さんですか」

林「そうです。状況判断が実にみごと。こういう人が長機だと、すなおに従えます。前上方から撃って、命中弾を与えられました」

筆「どんな人でした？」

林「丸顔でおとなしく、ホラを吹かない実直タイプ。まもなく艦載機の来襲（二十年二月十六日）があったとき、前を歩く来栖《くるす》〔良技術《りよう》〕大尉をプロペラで叩いてしまった。あわただ

操縦者のピスト（控え所）から飛行場までは距離があるため、待機したトラックに乗っていく。形ばかりの擬装用の松が無意味なのを彼らはよく知っていた。

しい状況下の不運な事故でした」

筆「このときの林さんの出動は？」

林「第二陣で出るんで、離陸命令を控え所《ピスト》で待っていた。やがて岩沢曹長を僚機に付けて、一式戦で索敵しながら常陸〔の水戸東飛行場〕へ。三〇～四〇分がかかりで着いたら、めちゃくちゃにやられて燃えています。海岸に近いから、敵が襲いやすかったんですね。周辺空域には敵機を見なかった。

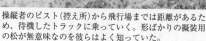

翌日（十七日）の朝方、空いた機はキ八四だけ。キ六一－IIの方がいいんですが、仕方がない。離陸のときいっしょだった技術大尉の六一とは、編隊を組めないで間隔があった。そのうちにグラマン（F6F）四機が現われて、計六機で高位の取り合い。私のキ八四が四〇〇〇メートルでいちばん上、続くグラマンとの高度差は五〇〇メートルです。

切り返して後上方に占位したが、間合がないので角度が深すぎ、命中弾なしで反転、秩父方向へ

キ六一－Ⅱまたは－Ⅱ改に搭乗した審査部戦闘隊の島栄太郎航技大尉。新型機を操縦して技術的な判断を下すのが主任務の彼らも、邀撃戦を拒まず出動した。

離脱した。その前に、複数の敵機と対進で撃ち合ったキ六一が発火して、落ちていくのが見えました。技術大尉が落下傘降下するところは見ていない」

筆「それは島《しま》栄太郎さんです。滑油タンクに被弾して火を噴いた三式戦から脱出し、火傷《やけど》で四ヵ月入院しています。高等工業学校を出たエンジニア・パイロットで、対戦闘機戦は荷《に》重《おも》だったんです。このときも避退するつもりでした」

林「なるほど、そうでしたか。

帰ってから、整備の少佐に『どうして〔キ六一の〕カバーをしなかった⁉』と叱られました。一五〇〜二〇〇メートルも離れていて高度差もないのに、瞬時にカバーできるわけがありません」

筆「邀撃に出ていくときの心理をお聞かせ下さい」

林「離陸して脚を入れたとき、一瞬『もどれるかな』と戦死を考えます。すぐ忘れますけど」

「秋水」をめざす日々

筆「特兵隊の活動はいかがでしたか」

林「初めは『秋水』の軽滑空機がなくて、たしか七型ソアラーを使いました」

オレンジに塗られた「秋水」型の軽滑空機が柏飛行場に待機する。地表の密なもようはコンクリートに吹き付けられた迷彩。

筆「両機を比較すると？」

林「乗るにはソアラーが楽ですが、揚抗比が高くて機が降下しません。ちょっと上昇気流があれば、何時間でも飛んでいる。五月に来た『秋水』型の軽滑空機の飛行特性は、沈みが早く二単の滑空に似た感じ。安定性がよくて機動もできるから、戦闘機乗りにとってはこっちが好ましい。〔九九式〕軍偵〔察機〕で〔高度〕二〇〇〇メートルまで上げて切り離し。接地後、胴体下の橇《そり》で一二～一三メートル滑走して止めました。

近くにある八研（第八航空技術研究所。航空衛生と心理および関連する兵器の研究、考察を担当）へも行って、目が回る回転テストを受け、減圧室にも入りました」

筆「軽滑空機が来る前の四月上旬に、千葉県の柏飛行場へ移ってますね」
林「滑空機や実機の訓練と、特殊燃料の備蓄に使える新飛行場。二単の〔飛行第〕七十戦隊がいたけど、エリアが別で交流はなく、食事も独立していました。空襲のとき邀撃に加わらず、滑空機を格納庫に隠すんで、七十戦隊からいやみを言われましたよ〈笑〉」
筆「『秋水』への不安はなかったですか」
林「軽滑空機に乗って、空力的な不具合を感じなかったから、実用機としての『秋水』への恐れはありませんでした。私が特兵隊の指名を受けたのは、高速と高高度飛行ごのみを広言していたせいかも知れませんが。聞いていた〔高度〕一万メートルまでの上昇角度二四度は耐えるとしても、航続が何分かしかないのはちょっとね」
筆「どんな攻撃法でしょう?」
林「垂直攻撃でB-29に、上と下から一撃ずつかけられるかな。もちろん乗機が万全だとしての話です」
筆「〔特呂二号〕ロケットエンジンの試運転は柏で?」
林「ええ、六月だった記憶です。推力を上げるさいのすごい音と、五～六メートル噴出した炎から、『これだけの推進力なら、確かに一万メートルまで三分で上がれるだろう。燃料が切れても一〇〇キロ滑空できる』と思いました」
筆「六月十日付で大尉に進級ですね。

柏で燃料関係の施設は、かなりできていましたか」

林「飛行場の東側に、ある程度は。過酸化水素水の甲液と、水化ヒドラジンおよびメタノールの乙液が、多数の大きなガラスびんと鉄の大桶《おおおけ》に入れてありました」

筆「海軍側が七月七日に実施した『秋水』の初飛行は、事故で終わったんですが、当時は原因をどう推定しましたか」

林「初飛行ののち、特兵隊長の荒蒔《あらまき》〔義次《よしつぐ》〕少佐が、海軍から『燃料を三分の一しか入れていない』と聞いてきました。海軍の追浜《おっぱま》（横須賀航空基地）へは荒蒔隊長に『秋水』の用事を言われて、九九軍偵で行きましたが、狭すぎて着陸が大変だった。そのうえ海岸に接して後ろは山だから、『秋水』が滑空で降りるのは無理ですよ。

ロケットエンジンの停止は、単純な燃料不足じゃなくて、航空ガソリンで言うベイパーロック（蒸気閉塞）みたいな状態に至ったように思えた」

筆「原因は甲液タンクの薬液取り出し口の位置がまずく、少ない甲液が移送されなくなった点にありました。おっしゃる判断に通じますね」

重滑空機、墜落す

筆「次は陸軍の番なので、より実機に近い重滑空機を訓練に使おうと……」

林「そうです。海軍のテスト飛行のあとで、荒蒔さんが霞ケ浦基地へ出向いて、『天山』攻

「秋水」の実用実験を担当する特兵隊の幹部たち。左から次席の有滝孝之助少佐、筆記する航空研究所・木村秀政所員、筆記板の軽滑空機データを読んでいる伊藤武夫大尉、林大尉、隊長・荒蒔義次少佐。20年6月下旬の柏飛行場の一隅で。

撃機に曳かせて柏に持ってきました。初めて乗る機を問題なく操縦したのは、さすがの技倆です」

筆「この重滑空機は、三菱で二機だけ作られたうちの一号機ですね。造りや塗装は？」

林「軽滑空機と同じ濃い黄色です。『秋水』から中身を抜いた外殻なので、ガッチリできていました。軽滑空機は外形は似てますが、外皮はベコベコ」

筆「荒蒔さんに続いて、伊藤武夫大尉が飛んでみたんですね」

林「下士官から少尉候補者をへた人ですから、キャリアは荒蒔隊長の次。老練が要るからと、隊長が途中で審査部から呼んだ一一人目の操縦者です。階級も私より先任で、とても腕ききだった」

筆「曳航機は『天山』ですね」

林「そう、軍偵では無理です。余剰馬力が大きくないと。操縦者と同乗者も海軍です。場周の第一旋回で高度は一五〇〇メートル。さらに上昇しつつ第二から第三旋回へ向かう直線飛行中に、滑空機が離れてしまった。早すぎました。

われわれは助けに向かい、失速して松林に落ちた重滑空機から伊藤さんを引き出した。燃料がないから焼死はなかったが、意識不明のまま松戸の病院へ運ばれました。このあともなく終戦で、有滝さん（六月に少佐）以下の九人は飛ばずじまい。

ちょっと恐いけど、乗りたい気持ちはありました。少し速力を出し、浮力を付けて着陸に持ってくる。滑走も一〇メートル以内で止まるでしょう」

筆「林大尉としては、実機をどう思っていたんですか」

林「荒蒔さんが『「秋水」だけは恐かった』と渡辺さんに話したのは、この機をずっとよく知っているからですよ。有滝さんからも『もう今度はだめだ。覚悟しておけよ』と言われましたけど。恐いもの知らずの立場なので、高威力の三〇ミリ機関砲二門を使って、B－29との空戦をやってみたかった」

筆「八月二十日の『秋水』二号機の試飛行予定を待たずに、詔勅が流れますが、柏での最後はいかがでした？」

林「二十二～二十三日ごろに荒蒔隊長が、連絡用の一単高（一式高等練習機）を福生（の審査部）へ持っていった。有滝さんも『林は監視役だ。燃料を見てろよ』と言い置いて、自動車で審査部行きです。下士官操縦者や整備の連中、技術者たちもいなくなり、最後は私と、楊井《やぎい》技術少佐の二人だけ。楊井さんはエンジン担当の学者で好人物。英語が堪能《たんのう》なんで適材です。甲液と乙液が大量に保管してありました。

私は野田（北西へ一五キロ）の宿舎からの通いです。近在の人をやとって近くの学校に泊まらせ、警備を担当してもらった。そのうちに米軍の少尉たちが四〜五人で、通訳と村役場の職員に案内をさせてやってきたから、機器材、燃料、施設などの現状を説明し、焼却し残した資料をわたして引継ぎを終えました。

あとは毛布を積んだトラックで福生まで走って、まだ残っていた経理の科員に事態を報告。それから電車で、杉並の居留先へ向かったんです。もう十一月に入っていました」

［一九九七年十一月、九八年七月、二〇〇四年三月の取材による］

三式戦留守《るす》隊、中京の空に

——残された者たちの奮戦記

陸軍の〝学鷲〟は、昭和十八年（一九四三年）七月に制度が公布された特別操縦見習士官（特操）が通り相場だが、それ以前から存在した甲種幹部候補生（甲幹）出身操縦者の制度もあった。

士官候補生および少尉候補者出身の両現役将校だけでは、必要人数をとても満たせない。徴兵により入営した中学校卒業以上の高学歴者から、多数の予備役下級将校を得る制度は日清戦争以前からあった。昭和二年に幹部候補生（幹候）と改称され、八年に甲種（将校）と乙種（下士官）に分けて敗戦まで続いた。歩兵、砲兵、工兵など地上兵科の、尉官の過半を占めたのは甲幹出の予備役将校なのだ。

わずかながら航空兵科も用意された。飛行学校で適性者少数の操縦教育が始まるのは十年以降で、甲幹の航空兵科への本格導入は航空拡充の十三年三月から。整備、通信、戦技などの教育機関が用意されたほか、操縦も少人数が選ばれた。

航空主兵の方針のもと、地上兵科から転科のかたちで、十七〜十八年に選出の七、八、九期の操縦転科時期を特操一期と並行させ、甲幹出身操縦者を一気に増やす。とりわけ九期は多く、学歴資格が同等の特操とともに〝学鷲〟予備役将校の主体をなした。

詳細を知られる機会が少ない、甲幹九期を出た操縦者の活動を紹介してみたい。

予備役の転科操縦者

大阪の堺職工学校で研究室に勤務していた遠田美穂《とみほ》さんは、満二十歳だった昭和十七年初めに召集を受けて、対馬・要塞砲の部隊に配属された。

甲幹を申し出て認められ、砲兵将校のノウハウを学ぶため、十七年末に神奈川県浦賀の重砲兵学校へ向かう。校内を覚える間もなく学校から、操縦を特業（専門特技）とする航空転科の募集がなされた。友人の兄が少年飛行兵に選ばれた影響で、遠田さんも航空に関心があったから、考慮の余地なく応じて、数日間の適性検査をたて続けに受けた。

十八年十月に転科が決まって、大刀洗飛行学校に入校。新制度の特別操縦見習士官（初めから操縦一本）とほぼ軌を一にする教育の始まりだった。初級滑空機《プライマリー》で飛行感覚を覚えてから、九五式一型練習機に搭乗。同乗飛行ののち、最初に単独を許された。単独の早さは操縦への適合をものがたる。コースは戦闘分科に決まった。

ついで満州・白城子飛行学校へ。航法教育が本務の白飛校が操縦教育を請けおうほど、十九年春の飛行学校は詰まっていた。早春～初夏、九九式高等練習機、二式高等練習機、九七式戦闘機に乗り、九七戦では編隊および計器飛行を習い、射撃も教えられた。計器飛行にそれなりの時間を割いたのは白飛校ならではだ。

十九年七月付で見習士官から予備役の少尉に任官。編隊飛行のリード力を認められて、しばしば長機役を任された。もうひとつコツをつかめない射撃は、下士官から「曳航標的の」吹き流しにぶつかってみなさい」とヒントをもらって開眼《かいげん》する。

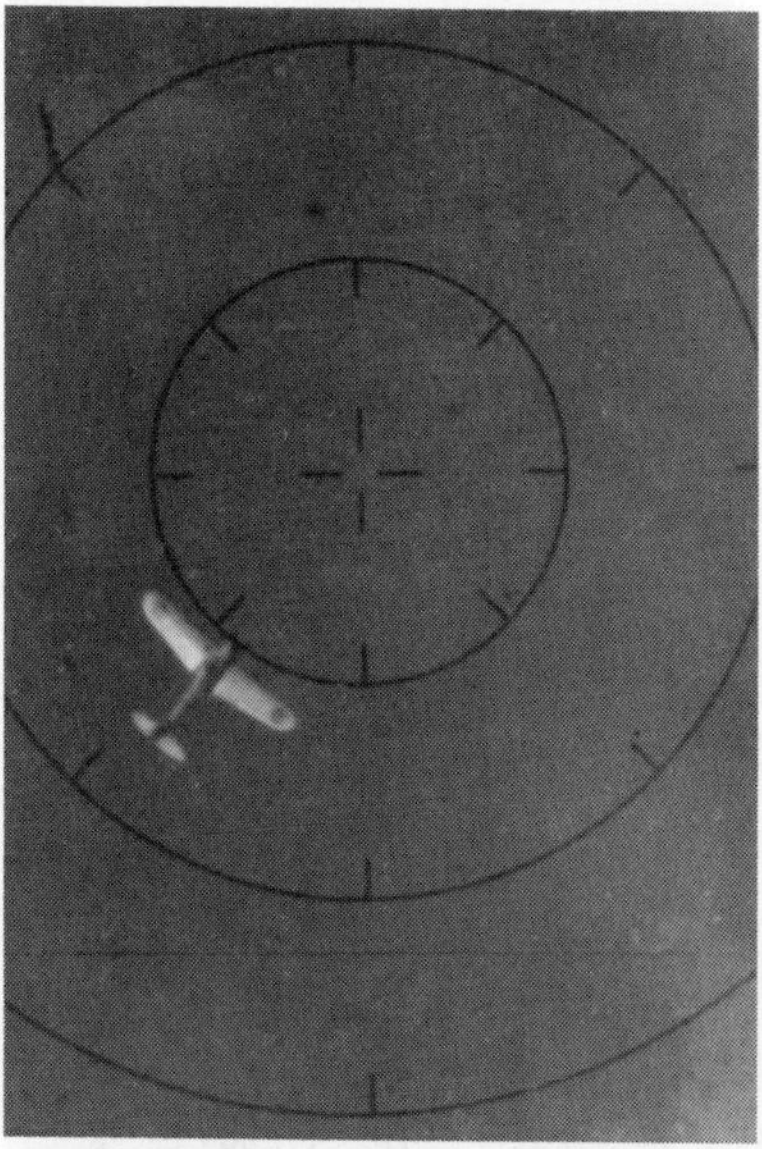
単機格闘戦の訓練中に、九七式戦闘機の主翼に付く固定監査写真機に相手をおさめた。命中確実のアングルだが距離がやや遠い。

このあと実用機で演練する錬成飛行隊へ転属するか、実戦部隊赴任でも訓練グループに入ってしばらく戦技を習うケースが少なくない。遠田少尉は後者に近く、飛行第五十五戦隊付を命じられて八月初めに愛知・小牧飛行場に着任した。

この年の三月下旬から大阪・大正飛行場で編成を始めた五十五戦隊は、四月末日付で人的な編成を終えた。第十一飛行師団長の隷下に、中京防空の第二十三飛行団が八月下旬に新設され、その一翼をになう。当初は装備予定機材の三式戦闘機「飛燕」がなくて、訓練用に一式二型戦闘機三〜四機を東京・福生の航空審査部戦闘隊から運び、輸送など雑使用の九九高練二機も受領した。

主用機材の三式戦闘機は機首に二〇ミリ機関砲ホ五をつけた一型丁が多く、五〜六機だけがマウザー二〇ミリ機関砲を翼内装備の一型丙だった。性能的には火力も諸種の飛行も、後者が上である。

初搭乗の一式戦にすぐになじんだ遠田少尉は、短期間で未修を終えたが、九月十日の正午すぎに初めてのアクシデントを味わった。

整備後の試験飛行をすませ、二四〇キロ／時でゆるく降着準備にかかったとき、脚下げの操作をしたのに青灯が点《とも》らない。油圧の低下を計器で知った。脚上げ操作でも赤灯に反応がなく、三度くり返してから控え所《ピスト》を見ると白旗を振っている。脚オーケーの合図だから「出ているのは確かだが、拘束鈎《こうそくこう》（固定用フック）がかかっていないな」と判断した。かさねて脚操作を試してから、胴体着陸にかかった。滑走中に片脚が閉じてかたむき、出ている脚を軸に回された。すぐに両脚とも折れて胴着のかたちを成し、少尉は無傷だ。沈着

油圧の故障で主脚が出ず、小牧飛行場に胴体着陸した飛行第五十五戦隊の一式二型戦闘機。遠田美穂少尉が操縦した昭和19年9月10日の事故で、アンテナ線に巻いた赤布は要注意を示す。当初の部隊マークは赤、数字は黒。

な対処をこなせたのだから、自信につながったのは間違いない。

三式戦一型丁は二〇ミリ弾の暴発対策のため機首（延長後）上面に鉄板を張り、各部の耐弾装備とバランス用の重錘を加えたため、エンジンは同一のまま重量が二五〇キロも増えた。どんな結果を招くか誰にでも分かる。

遠田少尉が飛んでみて、まず感じたのが「重い」だった。離陸時、なかなか浮き上がらない。長所は突っこみの利き、すなわち降下の鋭さで、接敵時も離脱時も戦闘機には欠かせない特性だ。しかしその後の引き起こしが鈍く、高度の回復に時間がかかる。機体重量にハ四〇エンジンの出力が追い付かないのが原因で、原型のダイムラー・ベンツＤＢ601Ａがドイツで八年前に生産開始、という旧式動力の悲しさと言える。

レイザーバック式の風防・天蓋《てんがい》（可動部）につ

いては、特に視界が狭まりはせず、支障を感じなかった。開状態で飛ぶと、水滴風防の天蓋は「小刻《こきざ》みに震えて後方は見えにくいから、同じようなもの」と納得した。

部隊の主力はフィリピンへ

大学、高専、諸学校を出て、操縦者だけをめざす特操一期の教程を修了した見習士官（曹長の階級）のうち、五十五戦隊に配属されて小牧に来たのは十九年九月だ。

特操一期の合格者は二六六〇名で、五十五戦隊付が一二名。約四二〇名いた甲幹九期の操縦転科が遠田少尉一人だから、いくぶん比例にはそぐわない。前者は任官がまる三ヵ月遅く、先任ははっきり後者である。

彼らも一式戦に少し乗ってから三式戦へ移行した。動力系統の故障はともかく、飛行性能は特操の面々を満足させたようだ。

十九年三月ごろから各戦隊が取り入れた飛行隊編制は、編成時期から五十五戦隊では当初から導入されていた。空中戦力を飛行隊長のもとにまとめて運用する方式で、旧来どおりの三個隊に分けたけれども、他部隊のように新たな固有名詞の隊名を付けず、「第一〜第三中隊」を使い続けた（固有名詞の隊名に変わるのは二十年三月）。

三中隊の学鷲・喜代吉《きよよし》忠男少尉がみた、幹部の人となりはこんな具合だ。

戦隊長・岩橋重夫少佐は人格者。あれこれ指摘せず、笑みを忘れない。飛行隊長兼一中隊

三式一型戦闘機丁の機首に装備したホ五20ミリ機関砲を、五十五戦隊武装係が照準調整中。内地の部隊がふだんは使わない落下タンクを付けており、比島進出の近さを感じさせる。まだ残暑がきびしい9月ごろの撮影。

長の矢野武文大尉も静かで、率先垂範タイプ。地上ではもっさりした穏やかな三中隊長・上村一《かずと》中尉だが、空中での機動には とても追随できない格段の技倆《ぎりよう》差がある。ミスにくどい文句を付けないりっぱな人物だった。

強敵とみると地上指揮に徹する防空部隊の戦隊長が散見されるなかで、なかなかのメンバーがそろっていたと言える。彼らの指揮のもと、中堅以上の操縦者の薄暮、夜間に重点を置いた演練が進められた。

戦隊の戦闘目標は対爆撃機だったが、九月に入って訓練重点を対戦闘機戦へうつす命令が来た。二中隊付に決まり、三式戦になれつつあった遠田少尉が「これは外地へ出されるな」と思ったとおり、下旬にフィリピン進出情報が伝わってきた。

11月10日、ルソン島へ向けて小牧から出発直前の学鷲たち。手前左から北岸晃少尉、遠田少尉。立つのは中村憲二少尉、大平誠志少尉、不詳。遠田少尉のほかは実戦に加わらない台湾までの空輸要員だ。中村、大平少尉はのちに特攻で戦死する。

師団司令部から進出命令の詳細を知らされたのは十一月六日。幹部は全員参加の操縦者のうち、学鷲は一三名のうち遠田少尉と特操一期出身四名が指名を受けた。技倆の進度を見ての選定だろう。

三式戦は一型丁と丙を合わせて、保有の可動全機に近い三八機が選ばれた。操縦者と地上勤務者（うち機付整備二五名）を合わせて八〇名で、明野教導飛行師団から派遣された輸送機七機に器材とともに搭乗。十一月十日に小牧を出発し、大刀洗～那覇～台湾・台中～同・潮州を経由して、十八、十九両日にルソン島アンヘレス南飛行場に進出する。

乗機に不調を来《きた》した遠田少尉は宮崎・新田原に降りた。ここから重爆に随伴して台湾・屏《へい》東《とう》に着き、単機でフィリピンへ向かったが、悪天候のため西表島《いりおもてじま》にある海軍の不時着飛行場にすべりこんだ。整備できない三式戦の再飛行は無理だ。待つうちに、比島へ向かう二式複座戦闘機が降りてきた。燃料補給後の複戦に同乗を頼んで、経由地の台湾飛行場（地名不詳）へ。比島の戦隊本部へ連絡を頼むと、「留守部隊帰還を命ず」の返信が届いた。十二月一日に新田原にもどった少尉は、汽車に乗って翌々日までに小牧に帰還した。

それより何日か前の十一月下旬、ネグロス島で交戦中の戦隊から、中隊付先任将校の代田《しろた》実中尉が帰ってきていた。フィリピンの戦力に余裕があるからではもちろんなく、マリアナからのB－29による名古屋空襲にそなえて、小牧残置隊の教育と訓練を進める指揮官が必要とされたためだ。遠田少尉への台湾からのUターン命令も、残置隊の戦力化にあったと思われる。

残留者の横顔と三式戦の整備

残置隊とは、移動後の主隊から残した戦力を見た言葉だ。小牧ではみずからを留守隊、残留隊と称しており、本稿でも「留守隊」を用いる。

三式戦を使える操縦者は帰還した代田中尉、遠田少尉のほか、特操一期の少尉六名と深谷伍長の合計九名だった。留守隊長を務める代田中尉は第五十六期航空士官候補生で、遠田少尉よりも若干若いが、隊をまとめる力量はあった。

整備の軸を務めるのは、第三期少年飛行兵出身で、日華事変の華北、華中、開戦後のマレーで軽爆と重爆を扱った、ベテランの増田政十《まさじゅう》少尉だ。十九年六月初めに着任し、フィリピ

三式戦一型丙に乗った武装班の最先任、吉田英夫少尉は見習士官の教育も受けもった。円形の濃緑迷彩は他の部隊では見かけない。

ン進出時に岩橋戦隊長から「いっしょに行くんだぞ」と告げられていたが、少尉を抜いたら留守隊の整備力が態をなさないためだろう、小牧残留に決まった。

福生の航空審査部でハ四〇の教育を受けて、取り扱いの難しさを知った。燃料噴射ポンプの故障、作動油の漏洩《ろうえい》がしきりだ。キャリア不足なうえ、この動力を知る者が皆無の整備の面々に、増田少尉はがまんづよく伝習教育を進めていった。

三式戦は川崎・岐阜工場へ取りにいく。工場側が用意した五機のうち、使えそうなのは一機だけ。四機は工場の操縦士にテストさせ、不具合が生じなくなるまで何度も出向いた。部隊の操縦者を同行させ、近距離なので一日に二往復したときもあった。

次席の吉田英夫少尉は商科の高専を出たのに、甲幹九期から航空兵科を望み、立川航空整備学校で航空武装を学んだ変わりダネ。機関銃砲を特業に定めたから、文系の特質で増田少尉と補佐し合うコンビを組んだ。

一型丁と丙で使う機関砲は、どちらも二門の二〇ミリが、国産でブローニング機構を用いたホ五と、ドイツ直輸入の電動式マウザーMG151／20。いずれも使い始めて一年以上をへており、顕著な故障は出なかった。やはり二門を付けた一二・七ミリ／ホ一〇三は、開戦時以来の砲なので、機構も取り扱いも問題なしである。

小牧に残された三式戦と新たな受領分を合わせて十数機がそろい、訓練にはことかかず、燃料も不足しなかった。整備の留守隊は約二〇〇名。操縦者も若干名が着任し、代田中尉の指導、遠田少尉の教示で技倆は高まりつつあった。

室外のピスト（控え所ではなく待機所）で将校用デッキチェアに座る留守隊長の代田実中尉。隊の次席、中村清中尉がそばに立つ。

主隊に加わってフィリピンへ向かった喜代吉少尉にとって、現役将校の代田中尉は「〔規律重視の〕硬い人」のイメージが強かった。これは人となりを感じ取る時間が不足したためのようだ。整備の増田少尉の感覚だと「武人タイプ。弱音を吐かない」へと変わり、戦闘をともにした遠田少尉の人物評はさらに異なる。

「静かだが、ユーモアたっぷりの人。留守隊長の要職をになうため、部隊の状況、自身の行動に責任をもっていた」。冷静な心境、的確な言動が常だった遠田少尉の性格から、尾ひれを付けた判定とは思われない。

文芸の才もそなえ、戦隊歌の作詞を買って出た。〈見よ混沌《こんとん》の雲暗く西欧の天地狂う秋《とき》旭日燦《さん》たる日の本の……〉という戦意さかんな歌で、日本放送協会（NHK）・名古屋の職員が曲を付けた。

それでは留守隊操縦者の過半を占める、特操一期出身少尉のなかで飛行が達者なのは誰だったか。彼らの離着陸をよく見ていた増田少尉は「安達《あだち》少尉はうまいなあ」と感じていた。整備にも造詣《ぞうけい》が深い安達武夫少尉に「操縦の方は任せなさい。一に整備、二に整備」と、増田少尉や機付長の下士官がはげまされた。

弛《たる》みが出た特操少尉に気合を入れるのは、遠田少尉の役目だった。トップがぴりぴりしては隊がまとまらないから、操縦ナンバー2が憎まれ役を買って出たのだ。

初邀撃《ようげき》後に乗機を換える

十九年七月にサイパン島を失ってから、太平洋側の主要都市にボーイングB－29が飛来する事態は確実視されていた。そのとおり東京には十一月一日以降、偵察機型のF－13Aが高空を単機で侵入し、要地を撮影して戦闘機に捕まらず帰っていった。

航空工業施設が集まる中京地区に、F－13が高高度偵察に初侵入したのは十一月十三日。空中指揮官がいない留守隊へは、二十三飛団司令部からの出動命令はなく、二度目に偵察に来た二十三日も同様だ。代田中尉、遠田少尉の小牧帰還はきわどく空襲に間に合ったのだ。十一月二十四日と十二月三日に、東京が空襲を受けた。「ちかぢかB－29が名古屋にも来るだろう」と飛団司令部から指示を受けて、留守隊は対爆戦闘の訓練を始めたが、超重爆の動きに応じる経験がないため、具体的な方法や案は持っていなかった。

十二月十三日の正午すぎ、八丈島の電波《レーダー》警戒機情報を得た東部軍司令部から、敵機捕捉の知らせを受けた関東防空の第十飛行師団司令部は、サイパン島からのB－29とみなして戦闘機の出動を下命した。

ところがB－29群は北西に進路を変えたため、名古屋空襲と分かった。十一飛師司令部は百式司令部偵察機を先行偵察に出すとともに、大阪・伊丹から飛行第五十六戦隊、愛知・清洲から五戦隊を出動させたほか、五十五戦隊・留守隊にも邀撃命令を伝えた。

小牧飛行場を離陸した三式戦は、可動全力の八～九機。できるだけ高度を取ろうとした遠田少尉だが、八〇〇〇メートルを超えるあたりまでしか上昇できない。そのうえ乗機が一型丁なので、二〇ミリ砲ホ五の油圧の作動油が凍結ぎみ（帰還後に判定）だったのが、ゆるい

三菱・名古屋発動機製作所をねらった12月13日の爆撃行で、日本戦闘機に襲われて被弾。サイパン島に帰れず硫黄島付近で着水した第3爆撃航空団・第499爆撃航空群のB－29。

機動中に回復したのは運がよかった。未経験の実機をねらった射撃だ。手ごたえがあって、カウリングから煙を引く敵が他機から遅れ出す。初陣で撃破という上々の戦果を得て、空域を離脱した。

率先離陸した代田中尉も、命中弾を与えて一機に煙を吐かせ、撃墜の判定がなされた。中尉にとっても初陣であげた功績であり、遠田機の撃破と合わせた留守隊の初戦果に、控え所《ピスト》は喜びに包まれた。

第20航空軍・第73爆撃航空団の爆撃目標は三菱・名古屋発動機製作所（名発と略称）。出撃九〇機のうち七一機が、この主目標へ七九〇〇～九八五〇メートルの高度から爆弾を投下した。

初邀撃で知らされたのは、三式戦の上昇力の不足だ。操縦者と整備隊の努力は、上昇限度の向上と上昇時間の短縮に集中した。

まず機体重量を軽減する。丁の翼砲、丙の胴体砲である一二・七ミリのホ一〇三を除去し、二〇ミリ砲の弾数を大幅に削減（半減？）。鉄製の酸素ビンを除去して酸素発生剤だけを使い、防弾鋼板をはずす。こうして合計で二五〇キロの軽減をはたし、遠田少尉が丙を使ったテストでは、好調機でも一時間ほどかかる高度一万メートルまで、四五分で上昇できた。

丙のマウザー砲は電動なのに丁のホ五は油圧駆動だから、八〇〇〇～九〇〇〇メートルの高度で凍結を生じる。武装担当が防止策に苦心するかたわらで、確実な発射を望む遠田少尉は乗機を丁から丙に取り換えた。彼の高度記録は一万五〇〇〇メートル。着ると眠気がおそう電熱服は使わず、マイナス五〇度の酷寒に耐えねばならなかった。

来襲高度に達しても、攻撃にかかるには来攻コースの事前把握が不可欠だ。九九式飛三号無線機は地上からの送話はある程度ひろえるけれども、遠距離や高高度だと聴き取れない。そのうえ編隊間や僚機との空対空だと、まず通話不能な状態だった。これには整備能力の優劣が大きく影響するのだが。

不充分な機器材を用いて、恐るべき超重爆の大群に立ち向かう苦しさを、留守隊操縦者たちは味わっていく。

留守隊の健闘は続く

名発への連続二度目の空襲は五日後の十二月十八日。サイパン発進八九機をはじめ、主目標への投弾機数、空襲高度はほぼ前回に等しく、損失も同じく四機だった。

乗機の一型丙への変更、軽量化、高空用整備、それに十一飛師からの適宜の通知が功を奏

19年2～3月、後ろ右端の遠田少尉と乗機三式戦一型丙に機付整備兵たちが加わっての記念撮影。胴側の戦果マークは撃墜1機、ほぼ撃墜1機、撃破2機を示す。

し始めた。昼食どきの小牧に出動命令が入る。留守隊の可動全力が発進し、高度一万メートルへの上昇をめざす。四機の二個編隊を組むが、七〇〇〇～八〇〇〇メートルでは隊形を維持できず、敵影を望見するころには単機行動に変わった。

伊勢湾上空九〇〇〇メートルで待機していた遠田少尉は、一〇〇〇メートル下方あたりに浮かぶ高射砲弾の炸裂煙を見て目標を定め、同高度のB－29九機編隊に向かった。敵は邀撃・被弾回避対策で上下に機動している。距離がやや遠いため同航で接近をはかるうちに、名古屋上空で後続する六機編隊を認めた。

高度差があって対進（反航）位置だから、間合を詰めやすい。右位置の敵に前上方攻撃をかけて、左翼エンジンに白煙を吐かせた。白煙がまもなく黒煙に変わって、後落（遅れる）を始めた相手は捕捉しやすい。側方へ回りこんで、被弾カウリングにドイツ製の二〇ミリ弾を、同高度でなおも撃ちこむと、はっきりと火炎が流れ出た。

左傾した敵を追って遠田機も雲中に突っこんだ。雲を抜けると三河湾中央部の佐久間島が眼下に見える。火勢が激しい左翼がねじれた敵はまもなく墜落し、海中に機影を没した。少尉にとって唯一の確実撃墜である。

中高度までは遠田機の僚機だった鈴木三郎少尉は、離脱する超重爆を愛知県の東端部まで単機で追い、敵弾を受けて斃《たお》れた。留守隊で初めての戦死者であり、一機撃墜が報告されたともいう。

また同じ特操一期の安達少尉も一機に大きなダメージを与えた。刺し違えで被弾した三式戦は高度を失ったが、不時着によって生還でき、飛行団司令部から撃墜を認められた。これを含めて、学鷲操縦者が戦力たり得る存在と認められた日だったと言えよう。

名発はたて続けに、三度目の爆撃を十二月二十二日に受ける。三コースに分かれて飛来し、第一目標への投弾は十数機少なくても、おおむね前二回と同様の敵襲である。

前回同様、昼食中に出動命令を受けた。固有の乗機の不具合から遅れて単機で発進し、最初の侵入機群には間に合わなかった遠田少尉だが、名古屋上空で南に後続編隊を視認。高高度を維持して接近しつつ、機を側方へ傾けて降下に入れ、動力部をドイツ製二〇ミリ弾で叩いて下方へ抜けた。

浜名湖までにさらに二撃。高度が七〇〇〇メートルまで落ちた敵に、伊豆半島の先端、御前崎の沖合でもう一撃を加える。機首が下がり傾きかけて黒煙を引くB－29に、燃料が限度と知った少尉は止《とど》めをささずに帰途についた。

留守隊長も健闘する。名古屋上空で見つけた最初の梯団（十数機編隊）には上昇がまにあわない。浜松から八〇〇〇メートルの高度を来攻の編隊に、後下方から攻撃にかかった。白煙を噴いた機が離れて後落する。三河湾まで追撃した代田中尉は、もう一撃を後下方から加えると、すみやかに高度を下げて降下していった。

名古屋にもどる途中の瀬戸上空で、爆弾投下後の六機編隊を捕捉して前下方攻撃を加え、白煙を吐かす。南東の浜松まで追いかけて互いに射撃し、黒煙に変わったB－29は洋上へ離脱していった。撃墜と撃破（おおむね撃墜と判定）各一機を果たした代田中尉に、死期が迫っていた。

戦死者をのりこえて

昭和二十年新春三日、午後の小牧飛行

3～4機ずつのB－29小隊は目標の手前で上昇、間隔をつめて3～5個小隊・十数機の梯団をなした。苦心のすえに接近した日本戦闘機への防御火網はすさまじく、撃墜破を果たすには技倆と努力、それに運が必要だった。

場を、名古屋幼年学校（士官学校の前々段階。十三～十四歳が対象）の生徒一四名が見学に訪れていた。はるか後輩たちを屋内のピストに招き入れた代田留守隊長は、自分でカルピスを作って手わたし、乞われて超重爆との対戦状況をぽつりぽつりと語り始めた。

紀伊半島・潮岬へ向け北上中のB－29が電探捕捉され、飛行団司令部から出動を命じられたのはそのときだ。ピスト内の操縦者に発進の指示を与え、生徒らに「B－29〔へ〕の攻撃を見ておけ」と言い残して、「始動」の意味の右手を回しつつ乗機へ走った。

上昇する代田機を視野に入れ、

将校操縦者が屋内ピストでB－29の来襲情報を緊張しつつ待つ。左から相川治三郎、後藤文雄、遠田、北岸（上）、伊藤一男の各少尉。遠田少尉のほかは特操1期の出身者だ。

遠田少尉も名古屋港沖へ向けて高度をかせぐ。紀伊半島から大阪上空を抜けて東進、名古屋の港湾ドックをめざすB－29群を、一万メートル近い高度から望見した少尉。敵編隊の上下機動と過給機からの白い航跡が、近づくにつれて明瞭に認識できてくる。

岡崎の北方上空で六機編隊に対抗した代田中尉は、右翼エンジン二基から火を噴かせ、再上昇すると三番機へ向けて直上方攻撃に入る。遠田少尉が視線を送った一瞬に、三式戦はB－29に突っこんだ。片翼がちぎれて、絡《から》んだのち離れた大破の代田機から出た、落下傘が愛知県中央部の松林に降下した。

重傷だが、意識はあった。救助に来た村民に「ぶつけたんだ。陸に落ちたか、海か」と問いかけた。陸です、の返事に「ああ、よかった」と答えた。B－29は洋上で落ちるため、市民から撃墜戦果の発表を疑問視する声が出ていたのだ。西方の、名古屋航空隊が使う挙母《ころも》基地の海軍病院へ運ばれて、未帰還（のち生還）の特操・清水豊勝少尉を案じつつ、翌四日に息を引きとった。

複数の撃墜破を記録した留守隊の三名の、一角が欠けて半月後の一月十九日、もう一人が還らなかった。

この日の午後、出撃八〇機のB－29がねらったのは、明石にある川崎航空機。十一飛師司令部は二十三飛団戦力の西進を命じたが、留守隊は時間的に高高度へ昇りきれないと判断して、愛知県東部上空で洋上へ離脱にかかるB－29を攻撃した。

一月三日にも一機を葬った安達少尉が、B－29を捕らえたのは御前崎の南方洋上。撃破と引き換えに右肩からの貫通銃創を受け、重傷を負いながらも名古屋東方まで持ってきて、力つき墜落、絶命に至った。

残る遠田少尉は代田中尉の戦死いらい、留守隊の最先任操縦者だった。学鷲少尉ながら、隊の状況把握と戦闘指揮が彼にのしかかった。

次の出撃は、名発が目標に

安達武夫少尉が愛機三式戦一型丙に1月3日の戦果日付を書き入れる。略帽は機付長の神崎喜八郎兵長。少尉の合計戦果は撃墜4機と撃破1機、または3機と2機で、前者なら戦隊最高の戦功記録である。

された一月二十三日だ。

前月初め、下士官任官と同時に着任したばかりの阪井田幸四郎伍長は、第十三期少年飛行兵出身の弱冠十八歳。飛行学校の教程を終えたところなので、もちろん実戦経験はなく、技倆も精神力もこれから作る段階だが、戦闘意欲は旺盛だった。

「一度でいいですから、〔戦闘に〕上げて下さい」と遠田少尉に直訴《じきそ》する。使える操縦者を育成するのも部隊の任務とはいえ、ゆっくり教える余裕はない時期と環境だ。僚機に付けての出動を決めて、注意を与えた。「体当たりは許さんぞ。B－29に過度に接近するなよ」

冬期の高高度爆撃は、天候不良と強力な偏西風にはばまれて命中率が低い。B－29は投弾高度を七〇〇〇～八〇〇〇メートルに下げてきた。三式戦にとっても機動の困難がゆるむ。遠田少尉は逃避をさえぎろうと、豊川上空七〇〇〇メートルで前上方攻撃を反復し一機を撃破した。

阪井田伍長には追随しきれる技倆はないが、交戦意識をうながされたのか、止められていた接近戦をいどんだ。弾道が交差し、敵弾を受けた阪井田機は豊川郊外に墜落、伍長は戦死をとげた。

二月に入って十五日に名発への空襲があり、小牧から五～六機が発進した。そのうちのひとり北村幸男少尉は、留守隊に途中編入してきた特操一期出身者だ。空襲後の帰途についた超重爆と、岐阜県南部の上空で対戦した北村機は、被弾により不時着ののち絶命した。彼が留守隊最後の戦死操縦者だったと思われる。

二月末、遠田少尉ら七名の操縦者は、兵庫・三木飛行場へ飛んで付近の保養施設で静養せよ、との飛団命令を受けた。四ヵ月間、予備役の学鷲少尉を主体に、留守隊の任務を全うしてきた彼らに、慰労の措置がとられたのだろう。

十一月二十四日のレイテ総攻撃で戦死した戦隊長・岩橋少佐の後任者、小林賢二郎大尉が小牧飛行場に着任したのは三月十八日。このとき小部隊とはいえ指揮官を務めた遠田少尉は、重責の肩の荷を下ろしたのだった。

「隼」各型はいかに戦ったか
——使いやすさも名機の条件

陸軍の一式戦闘機「隼」は、海軍の零式艦上戦闘機とともに、太平洋戦争の開戦から敗戦にいたる三年八ヵ月あまりの過半を、主力戦闘機の立場で戦った。

軽戦闘機なるがゆえの飛ばしやすさ、扱いやすさ。抜き出たハイテクを備えない高い生産性と整備性。人員と機材のどちらも量をつくれず、開発力もいまいちの日本にとって、適切なランクの航空兵器だったと言えよう。

陸軍が展開したおおよそ全部の戦線に登場し、型を更新しながら、たいていの敵機と銃火を交えた一式戦には、操縦者たちにとってどのような長所と短所があったのか。手ごわい敵機、与《くみ》しやすい相手、あるいは互格の対抗者。それらとの戦闘法と敵対想念を、使用状況をながめつつ概見してみたい。

昭和17年(1942年)2月、占領後まもないスマトラ島パレンバン飛行場での「ハリケーン」Ⅱ型。操縦席の人物と右の「隼」一型は飛行第六十四戦隊所属。英軍マークは消してある。

《一型　対戦闘機戦》

開戦第一撃の南方進攻時、陸軍航空が高性能機とみなして警戒したスーパーマリン「スピットファイア」は、実は配備されていなかった。

マレー、ビルマ、蘭印（現インドネシア）上空で一式一型戦闘機と対戦した、英空軍のブルースター「バッファロー」Ｉ（米海軍のＦ２Ａ－２「バッファロー」とほぼ同じ）と蘭印空軍のＢ339Ｄ（同）は、五〇〇キロ／時に欠ける一式戦よりも最大速度がいくらか上。英空軍のホーカー「ハリケーン」Ⅱだと五〇キロ／時ほど速い。

しかし戦闘では、勝敗を決する要素が、速度のほかにいくつも存在する。

日華事変の経験などによって、開戦時の戦闘機操縦者の平均技倆《ぎりよう》と判断力は、格闘戦に関しては他国軍よりも高かったのは間違いない。これが、一式戦の運動性に長じた特徴と相まって、有利に働いた。

敵機が積極的に格闘戦を挑んできた時期だから、一式一型戦闘機乙の一二・七ミリ機関砲一門、七・七ミリ機関銃一梃という変則弱武装でも、敵の後ろをとって射距離を詰めれば、致命傷を与え得た。こちらの高度が上の高位戦ならなおさらだ。開戦から二週間後のマレー半島クアラルンプール上空で、飛行第六十四戦隊・第二中隊長の高山忠雄中尉が率いる編隊

上：「バッファロー」I型がマレー半島スンゲイパタニに撃墜された。シンガポールのセンバワン飛行場が基地のオーストラリア空軍・第453飛行隊の所属機だ。下：被弾ののち農地に胴体着陸した第51戦闘航空群のP－40E。CBI(中国～ビルマ～インド)戦域での交戦で、担当官が調査を進める。

が、英空軍の第453飛行隊の「バッファロー」を圧倒したのが好例だ。

このころは機数も同等以上なのに加えて、勝ち戦の押せ押せムードが強く作用する。五十九戦隊の小野崎熙《ひろし》曹長が「『バッファロー』は敵じゃない。『ハリケーン』は見てくれだけ」と感じたのも、特に強がりではないだろう。

敵機に対する感想には当然ながら個人差があり、時期によっても変化する。ビルマで「ハリケーン」と長期間を戦った六十四戦隊の安田義人曹長は「冷却器をねらえば、『隼』の弱武装でもけっこう落とせるチャンスがあった」としながらも、一二梃もの七・七ミリ機関銃（ⅡB）、優秀な降下速度を警戒した。

六十四戦隊は昆明の周辺上空で、米義勇航空部隊「フライング・タイガース」のカーチスP－40ともしばしば戦闘を交えている。P－40E「ウォーホーク」の最大速度は七〇キロ／時速く、重要部への防弾装備がある。とりわけ武装が一二・七ミリ機関銃（日本陸軍では機関砲）六梃と、だんぜん強力だ。

一式戦二型丙は一式一二・七ミリ機関砲（ホ一〇三）二門で、数の上ではP－40Eが三倍（装備弾数も同様）だが、装備するM2機関銃がホ一〇三のオリジナルで、弾丸威力が二割ほど大きいから、総合的な破壊力は三・五倍を超える。

「いつも奇襲をかけてきて、一撃離脱（射撃してそのまま逃げる）される。格闘戦に入れられれば問題ないのだが」という伊藤直之少尉の回想と、「苦手はP－40。突っこみがいいから、捕捉しにくい」との檜与平《ひのき》中尉の言葉が、「フライング・タイガース」の実戦的力量を浮き上がらせる。

高速下でなされる空中戦の実態は確認が難しく、戦果は互いに二～三倍にふくらむのが常だ。だから実際には、かなりの勝ちを収めたと判定したときは五分五分、苦戦を感じたならはっきり負け戦の場合が往々だ。「フライング・タイガース」があげた戦果にはホラがかった記録も少なくないけれども、一式戦が手痛い目にあったのもまた事実である。

しかしビルマ（現ミャンマー）や華南奥地は、空戦密度とか敵機の積極性などの点から見ると、ソロモン諸島、東部ニューギニア方面の状況に比べれば、まだまだマシと言えた。昭和十七年（一九四二年）末から十八年初めにかけて、激戦の豪北方面へ送りこまれた一型の苦戦は歴然だ。

双発単座のロッキードP－38（F以降）「ラ

左後上方へと連なる雁行隊形で飛行第一戦隊の一式一型戦闘機が報道用の展示飛行を見せる。17年後半の状況だが、このままの機材で18年初めのソロモン、東部ニューギニア(豪北)方面へ進出した。敵機との性能差はおおえなかった。

イトニング」は、五〇〇〇メートル級の中高度で一〇〇キロ／時以上の優速を発揮する。気づかずに巡航のままでいるか、水平旋回してくれないと捕捉できない。ビルマで手合せしたP－40FやKに対しても同様だから、積極的な空戦はかなわなかった。

米海兵隊または米海軍のグラマンF4F－4「ワイルドキャット」とぶつかった空戦で、飛行第一戦隊の露口明雄少尉は「旋回性能だけはこっちが上だが、全般的にF4Fがやや勝る」と正確に対比を述べている。速度はわずかに一型が上で、運動性はひととおり凌駕するが、急降下されれば追いつけず、P－40と同等の火力には歯が立たなかった。

米軍パイロットの腕前と闘志が、予想を超えて秀でていた点も、まず取り上げるべき要素と言えるだろう。

《二型　対戦闘機戦》

エンジンを九九式（ハ二五）から二式（ハ一一五）に換装して、低高度で一〇〇馬力ほど出力を増した一式二型戦闘機。二速過給機の装備で高空性能もいくらか向上し、翼端を三〇センチずつ短縮して得られた横運動能力の向上は、最大速度の二〇キロ／時増加をこえる手ごたえを操縦者たちに感じさせた。

当初の一型に空中事故を起こさせ、その後もイメージから離れなかった主翼の強度不足が、完全に払拭《ふっしょく》されたのも彼らの好感度を高めていた。

そのぶん整備・保守の難度が進んだのなら、付加点を割り引かねばならないが、五十九戦隊整備将校・川村博中尉の「一型と手間は変わらない」との証言をはじめ、地上勤務者たちの評価は下がらなかった。各部機構の小改善が随所に取り入れられて、メカニズムの対応性はむしろ高まったと言える。プロペラが二翅から三翅に変わっての対応の構造の複雑化は、整備の未修・伝習教育で吸収できた。

高度を落とさず逆方位へ機首を向ける、上昇反転中を機動の一式戦二型。35ミリフィルムの1コマを伸ばしたから粒子が荒く、それがかえって軽快な機動を想像させる。

二型はビルマとオーストラリア方面で、かねて強敵と見なした「スピットファイア」VC型（Vは5のローマ数字）と十七年六月に戦った。前出の小野崎少尉（少尉候補者制度によって下士官から進級）ダーウィン進攻時の体験から「恐い相手。同条件なら『隼』ではちょっと難しい」と述懐している。

ヨーロッパでは運動性を生かして、一撃離脱のメッサーシュミットBf109と対戦した「スピットファイア」は、太平洋戦線で日本機に同じ手を使えば勝ち目なしとして、一転、六〇キロ／時勝る優速と、二〇ミリ機関砲二門、七・七ミリ機関銃

英豪3個飛行隊からなる第1戦闘航空団の司令、クライブ・R・コールドウェル中佐と乗機「スピットファイア」VC型。中佐の対日戦での公認確実撃墜は零戦6機（内1機は一式戦の間違い）と百式司令部偵察機1機だが、百偵のほかはすべて誤認の架空戦果で、日本側に該当する損失はない。

四梃の段違いの火力を生かしての、一撃離脱に徹した。

「高度五〇〇〇メートル以上では、一式戦の分が悪い。相手が旋回でもしてくれれば射撃のチャンスが生まれるのだが、まっすぐ逃げられては追いつけない」。ビルマからインドにかけての空域で「スピットファイア」となんども交戦した、六十四戦隊の伊藤少尉／中尉の言葉だ。

海軍よりもひと足早く、十八年なかばから陸軍はロッテ戦法と称して、二機＋二機の四機編隊戦闘法を実行し始めた。すでに米英軍は旧来の三機編隊をやめて、この戦法を主要しており、陸軍のロッテ戦法化はむしろ敵への追随のかたちだった。

けれども、早期にこの戦法を習得し、六十四戦隊に伝えた檜大尉は「明野飛行学校で習ったとき、『一式戦ではロッテは無理』と感想を述べたのだが」と語る。高速で重武装、無線機の性能が良好な重戦闘機を多数用いるのがロッテの基本条件なのに、一式戦がそなえる各要素は正反対だからだ。

結局、六十四戦隊は彼の意見をいれて、かたちは二機＋二機の編隊ながら格闘戦を主体に置く折衷《せっちゅう》案に移行する。ほかの一式戦部隊も同様の方向へ進んだ。

米陸軍航空軍の主力と対決する東部ニューギニアの各一式戦部隊は、毎回のように苦闘を続けた。FからG、ついでHへと型を追って性能を高めてくるP－38とは、高度七〇〇〇～八〇〇〇メートルでは一三〇キロ／時もの大差がついた。少しでも軽くして速度と上昇力を増やそうと、一戦隊では防弾鋼板をすべて取りはずした。

第四航空軍司令部は「P－38は各性能が向上して、三式戦闘機よりも優秀。一式戦二型は性能がやや低いが、航続力の大きさと補給面から主要せざるを得ない」との意見書を、十八年十月に中央へ提出している。さらに二ヵ月後には、航空本部へ「一式戦ではもはや対抗しがたいのは明白」と伝えた。

新参入のリパブリックP－47D「サンダーボルト」が持つ、一二・七ミリ機関銃八梃の火力は、実質的に一式戦の五倍に近く、耐弾能力も段違い。

十九年三月上旬、マダン南方で六十三戦隊の竹村鉎二《しょうじ》大尉は、高位から加速しつつP－47に迫った。相当な命中弾を与えたけれども火を発せず、逃げられてしまい、「使いもしない格闘戦用の空戦フラップ（いわゆる蝶型フラップ）なんか要らないから、二〇ミリ機関砲を

上：ニューギニア南東端ちかくの北岸に位置するドボデュラ（日本側の呼称はハーベー）飛行場。第80戦闘飛行隊のP－38Hには8つの撃墜マークが描いてある。
下：P－47Dの左翼内に12・7ミリM2機銃4梃分の弾丸1068発を、武装スタッフたちが納めていく。右翼にも同数弾が入るから、まさしく空の弾庫である。

付けてほしい」と痛感した。

《三型甲 対戦闘機戦》

第一線戦闘機としては間違いなく低速で、上昇力も優れておらず、加えて旧来の弱武装。十九年以降の一式戦にとって、一流機に値する能力として残るのは、旋回性能をふくむ運動性だけだった。この飛行性能の傾向は他の日本戦闘機にも共通だが、一式戦はきわだっていたと言えるだろう。

弱武装の最大要因は、主翼が三本桁《けた》構造のため機関砲を付けられない点にあった。いまさら二本桁構造に変えて、生産を混乱させるほどの将来性はもう得られまい。それなら火力の増強は考えずに旋回能力を保持したままの「隼」でいる方が、生き残る手段をそなえていた、と見るのは間違いではないだろう。

大東亜決戦機のニックネームをもらって登場し、十九年の後半には主力機材が確定していた四式戦闘機「疾風」。二〇ミリ機関砲ホ五と一二・七ミリ機関砲ホ一〇三を主翼と胴体に二門ずつ装備し、速度性能もカタログ上では優秀な四式戦を、もらえない一式戦部隊が不服を漏らしたのは当然だった。

けれども四式戦は不良エンジンが多いうえ、九二オクタン燃料の仕様が前提だから、入手容易な八七オクタン燃料を入れるなら、ブースト圧を下げざるを得ない。これが出力低下に

集合式が単排気管に変わり、頭当ての後ろにメタノールの注入筒を付けたのが三型甲の外形的特徴だ。二型で戦ってきた操縦者たちの多くは飛行性能の向上を喜んだ。

直結し、いきおい故障も増加する。性能低下は言わずもがな。

広大な戦地が決戦場だと、戦力のつぶし合いが一定期間にわたり継続するから、後方からの補給が勝敗の要因をなす。フィリピン決戦のとき、内地から送った補給機が途中で故障のため落伍した率は、腺病質な動力の三式戦闘機「飛燕」一型（多くは一型丁）ですら一三パーセントなのに、四式戦が陸軍最悪の二〇パーセント。ところが一式戦は、わずか四パーセントにすぎない。

まず、動力と機体に新規複雑な構造、機構を採り入れておらず、故障そのものが少ない。加えて、それゆえに基本的な整備技術で修理が可能な、「現地で直せる」強みがもたらした結果だった。したがって、最大速度を五〇〇〇メートル前後の中高度で四〇キロ／時ほど高め、この高度までの上昇時間を三〇秒縮めた一式三型戦闘機甲の登場は、可動率の高さゆえに数字以上の価値をもたらしたのだ。

多大ならずとも飛行性能を高められたのは、実質的にハ一一五-IIの水・メタノール噴射装置による出力増加装置のおかげだ。五十戦隊で二型を駆使して戦い、航空審査部に移って三型の審査に加わった佐々木勇軍曹が、「速度と上昇力の向上」と「旋回時のねばり」を評価し申告した。いずれも軽戦闘機にとってノドから手が出る利点である。

審査部で提示された三型の好評は、実戦部隊でも変わらなかった。フィリピン戦でF6F-5を相手にした二十戦隊長の村岡英夫大尉は、有利な状況に敵機を引きこんで、操縦席を集束弾で破壊して撃墜。このときの降下に耐えられなかったのか、僚機の二型はエンジンに不調をきたした。

内地が艦上機の初空襲を受けた二十年二月十六日、常陸教導飛行師団に属する第一教導飛行隊の教官と助教はてんでに邀撃《ようげき》に上がり、深めの後上方攻撃でF6F-5の不確実撃墜を記録した小松剛《つよし》少尉。「好調の三型で、被弾（八発）にも強く、無線機もよく聴こえた」と乗機をほめる。

第二次大戦で戦闘機のトップに君臨したノースアメリカンP-51D「マスタング」との、三型による五分五分の対決は見出しがたい。唯一長所の運動性も、P-51が大幅な優速を利して旋回時間を縮めれば、一式戦では抗し切れない。

中高度以下での幸運な奇襲を除いて、勝ちうる策はなかっただろう。編隊空戦の場合は、いっそう歴然である。

上：19年10月の台湾空襲時に、空母「バンカーヒル」から発艦した第8戦闘飛行隊のF6F－5が撃墜された。残骸のまわりに集まった警防団員、住民たち。下：終戦前月の硫黄島で第7戦闘機兵団のP－51D操縦席。眼前の照準器は普遍的なN－9から、見越し射撃を要しないジャイロ算定方式の、ねらえば当たるK－14に換装されている。

「隼」最大のウィークポイントである弱武装への改設計は、中島飛行機ではなく、二型を転換生産した昭和飛行機でなされた。機首のホ一〇三に換えて、二〇ミリ機関砲ホ五を二門、機首部を延長して取り付けた。この武装強化型の完成が十九年十二月だったのはいかにも遅く、一式三型戦闘機乙の名称が付されながら、生産には至らなかった。

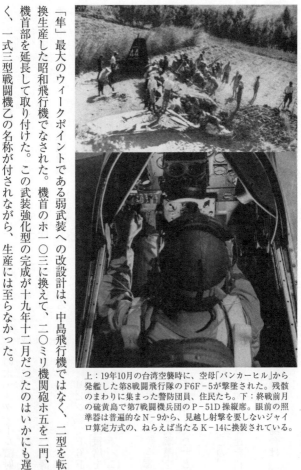

《対多発機戦》

一二・七ミリ機関砲二門だけの一式戦の火力では、双発以上の爆撃機を襲うとき絶対的に不利だ。空戦の射撃チャンスは瞬間的だから、大口径火器による少数弾での破壊なくして、大型機の撃墜は果たせない。

英空軍・第60飛行隊の双発機ブリストル「ブレニム」Ⅳを追撃した、六十四戦隊長・加藤建夫中佐が指揮する一型編隊が、後上方銃塔の射弾に撃破された。ついには中佐機も被弾して自爆をとげたのも、主因は弱武装にほかならない。

まして米四発重爆の撃墜は至難で、ラバウルに進出した十一戦隊の一型乙が編隊総がかりでも、単機のボーイングB－17EまたはF「フライング・フォートレス」を撃墜できず、海軍側から「零戦の二〇ミリ弾でだめなのに、一二・七ミリ弾で落とせるものか」と冷笑されたという。

二型に改編後もこの傾向は変わらず、B－17よりも高速のコンソリデイテッドB－24D「リベレイター」は、捕捉するだけでも楽ではなかった。このため北千島で五十四戦隊の横崎二郎中尉機、ビルマで六十四戦隊の上口十三雄伍長機などの、体当たり撃墜が発生した。南方軍司令部は「一式戦二型では対大型機戦闘は無理」と、弱武装と低速を参謀本部に伝えたほどだった。

第321爆撃飛行隊のB－24Dが東部ニューギニア上空を飛ぶ。一式戦が各戦域で対抗した主要四発重爆はB－17よりも高速の「リベレイター」だった。充分な耐弾能力をそなえる。

しかし、五十四戦隊の山田盛一准尉が片砲だけで、第404飛行隊のB－24Dに致命傷を与えるなど、対進（反航）による高速肉薄の直前方攻撃や、激突寸前のきわどい直上方攻撃によって、撃墜が可能と判明。東部ニューギニアにおける二十四戦隊の面矢《めんや》直次曹長、ビルマにおける五十戦隊の穴吹智軍曹のように、一回の空戦で四～五機の撃墜を報告する異例の戦果も上がった。

「隼」と比べて格段に高速で重武装の、ドイツ空軍のメッサーシュミットBf109Gですら撃墜に手こずった、快速のデハビランド「モスキート」を、六十四戦隊・飛行隊長の黒江保彦大尉が落としたのは、敵の油断をついて忍び寄ったからで、技倆と経験、それに好機がものを言う戦法だった。

三型甲の性能向上は、対爆戦闘でも発揮された。

六十四戦隊の二型が、投弾後のノースアメリカンB－25HまたはJ「ミッチェル」に追いつけない。「五五〇キロ／時は出るぞ」と教えられた三型に乗る池田昌弘伍長は、劣速の二型を「はなはだ気の毒に思いながら」、敵機を追いこしてから直前方攻撃の態勢に移って、一式戦が戦闘機である証拠を見せている。

難攻の超重爆撃機ボーイングB-29「スーパーフォートレス」に対する邀撃戦では、三型甲の航空性能のよさが効果を発揮した。東部ニューギニアでは「隼」の貧弱な攻撃力に歯ぎしりした竹村大尉も、明野教導飛行師団・第一教育飛行隊の教官に転じての高高度邀撃で、評価を逆転させる。「高度九〇〇〇メートルでアップアップの四式戦にくらべて、一式戦三型は一万五〇〇〇メートルで編隊を組めた」

常陸教飛師きっての手練《てだ》れ、教官の黒野正二大尉が二門の機関砲で、B-29のエンジンを一つずつ止めて、ついに撃墜した武勇伝が残っている。

北千島に来襲したB-25(C、D、Gのいずれか)に飛行第五十四戦隊の一式戦二型が、付近海域で前側方攻撃をかけて左エンジンから黒煙を噴かせた。海面が近い。

　運動性重視の軽戦闘機だから、鈍足は仕方がない。敵機の性能向上につれて必要度を増す耐弾装備も、最低限しか背負えない控え目な動力《パワー》と、防備の重視を否定しがちな国民性ゆえに、充分量を望めなかった。

そんな一式戦に、一つだけ「もし」が許されるのなら、一二・七ミリでいいから翼砲を二門、各三〇〇発の弾帯とともに追加してやるべきだった。

海軍の一式陸上攻撃機のように、主翼を再設計すれば、翼内に装備可能なのだが、三式戦、四式戦の登場および、低迷が顕著化する戦局にはばまれてしまったようだ。戦闘機の方向性を定める航空本部と、兵器の量をつかさどる軍需省の、一式戦に対する意向は、打撃力の向上よりも生産機数の確保にあったのだから。

火力の不足分を闘志で補って、目標に迫るべく果敢に突入し、戦死していった操縦者たちに、翼砲の導入こそ技術が報いうる随一の手段だった、と思うのは筆者だけではないだろう。

十三期の空中戦
――予備士官、零戦で敢闘す

大戦末期に海軍航空で、実戦参加の「十三期」と言えば、まず第十三期飛行専修予備学生出身者をさす。

ほかにベテランと呼べる第十三期乙種、中堅と見なされる十三期丙種の両飛行予科練習生出身者もいるが、生存人数が少なすぎた。また十三期甲飛予科練は若くて、操縦員はもとより、偵察員も実戦をほとんど体験していない。

飛行予学全体と、兵学校／飛行学生、高等商船学校、操縦・偵察練習生、甲・乙飛予科練の各期を通じて、実戦に参加した一期あたりの少尉任官者数が圧倒的に多いのは、予学十三期の四七五三名。

このうち操縦専修が三二九八名。海軍士官の本流（将校）をなす兵学校で最多人数の七十三期が一七九名だから、その一二・三倍もの予学十三期パイロットが生まれたわけだ。十三期がいない航空部隊はない、とまで言われたのも無理はない。

予学十三期出身操縦員のどの機種が活躍できたのか。状況や功績のかたちなどの違いから、ある意味で抽象的な難しい比較だが、筆者の判定では首位に夜間戦闘機が来る。昼間戦闘機が陸上攻撃機や艦上攻撃機、水上偵察機のあとにまわるのは、機動とカンの練磨にかかる飛行時数と、若さのタイミングを得られなかったからだ。

だがこれは〝平均値〟で、個々の能力や機会によって異質の例が出てくる。澤口《さわぐち》正男中尉がその一人と言っていい。

学生から海軍少尉へ

教職を志して函館第二師範学校（いまの北海道教育大学・教育学部）で学んでいた澤口青年が、海軍航空への強い関心を抱いたのは、昭和十八年（一九四三年）五月末の新聞で海軍省から公表された、六七〇〇名もの予備学生の大量募集による。

北ではアリューシャン列島のアッツ島が玉砕。南で中部ソロモン諸島の退勢が進む。苦戦の様相が、民間に意識され始めたころだ。戦うなら空で、とかねて思っていた彼に、決意をうながす記事内容だった。

「個人主義でありながら、空から群れなして立ち向かってくるアメリカ学生に、日本学生の腹の中を見せてやるときだ」と家族に広言し、躊躇《ちゅうちょ》なく応募を決意。彼の考えが、学生たち

昭和18年10月4日、練習部隊・三重航空隊で実施の第13期飛行専修予備学生の入隊式。土浦空と合わせて5200名の飛行予備学生が海軍に加わった。

の主流だったと言える。

　募集の飛行科、整備科、兵科のうち、士官搭乗員をめざす飛行科要員四〇〇〇名（採用予定。実数は五一九九名）に加わりたい、と決意して八月に受験。一〇倍の競争をしのいで採用予定者通知を受け取り、指定の三重航空隊に九月なかばにやってきた。

　飛行適性検査に合格、予備学生として三重空に入隊し、地上教育の基礎教程が始まった。出身校・学部が理数系か師範学校だと、一部学科を習得ずみと見なされて、多くが二ヵ月で終了。ほかは文科系を主体に、四ヵ月を要した。便宜上、前者を前期学生（前期組）、後者を後期学生（後期組）と呼び、後期組が三倍強の人数である。

　前後期に分けたのは、多人数による教育の停滞、混乱を恐れたからのようだ。二ヵ月の時間差はのちのちまで尾を引いて、分隊長や先任下士官に「前期は使えるが、後期はちょっとな」と技倆《ぎりょう》の判定にイ

実用機教程に配属されたのは大村空。19年8月の3機編隊訓練で、左やや後方で二番機についた澤口正男少尉の零戦二一型を長機から撮影した。

メージでも差をつけられた。

師範学校出身なのに考課表のせいか、あるいは人数的なオーバーが影響したか、澤口予備学生は後期に入れられた。

飛行機搭乗の術科教程にうつって、前期組が三重空を出てから一ヵ月半の十八年一月なかば、後期組に操縦、偵察、飛行要務のコースが伝えられた。澤口予備学生は希望どおりの操縦専修。中間練習機教程を鳥取県の新設・第二美保航空隊の九三中練で飛び、終了まぎわに専修機種は戦闘機と命じられて、今回も望んでいた結果に強い充実感を覚えた。

五月下旬からの実用機教程の、配属部隊は大村空だ。まず零式練習戦闘機、ついで零戦二一型で訓練を受けて、中練とは段違いの性能と、予想を超えた乗りやすさに感じ入った。終了が近づいたころ、何回か五二型を操縦して、二一型に対する性能向上分の差よりも、飛行感覚の〝重さ〟に少々驚いたが、

「このレイセン（と呼んだ。同期では少数派）はこういうもの」と納得できた。

実用機教程の修業は十九年九月下旬。この間の五月末日に少尉（予備）に任官したため、残りの四ヵ月は「飛行予備学生」ではなく、「飛行特修学生」に名称が変わった。

教程を終えた澤口少尉ら一〇名の赴任先は、岩国基地の第三三二《さんさんふた》航空隊だった。

部隊幹部と士官の内実

水上機部隊の呉空に付属し、呉鎮守府の要地を守る任務の岩国分遣隊／呉空戦闘機隊が、八月一日付で防空戦闘機部隊に改編・拡充されたのが三三二空だ。零戦（定数四八機）だけだった分遣隊と違い、予定されたのは局地戦闘機「雷電」（定数四八機）と夜間戦闘機「月光」（同一二機）。とはいえ、両機の装備はこれからで、昼間の主力は零戦五二型のままだ。

このとき飛行隊長は欠員で、訓練の指揮をとっていたのは分隊長の梅村武士大尉。二〇二空当時、ボルネオ島バリクパパンで被墜経験があった。予学十三期の面々は、すでに行きわたっていた一個小隊四機のほか、旧来の三機編隊も教えられた。

四機編隊は二機・二機に分かれる。梅村大尉は長機である自分の、二番機に彼らをつけて、空戦機動を学ばせた。彼は実戦の切り結びや戦闘指揮には向いておらず、錬成教示なら適役だったようだ。

「三機のバランス維持が（複雑で）気にかかる。四機から二機に分かれる方が専念しやすく、

訓練用の零戦二二型の前で搭乗をひかえた澤口少尉。ひととおり零戦での機動になじんだころで、飛行服も身についた。

訓練時の身に入りやすい」が澤口少尉の概念だ。習得面と編隊機動の効力の点でも四機編隊がまさる。熟練者と中堅以上が組んだ三機編隊は別として。

　ユーモアを解する司令の柴田武雄大佐は、零戦にさかんに搭乗し、未熟な予学の少尉たちとの編隊飛行もいとわなかった。この点は飛行長の山下政雄少佐も同様で、率先垂範的な積極さを発揮してみせたが、二月五日付で開隊の三一二《さんひとふた》空司令に転勤した柴田大佐のあとを追って、少佐も転勤していく。

　後任の司令・八木勝利中佐、飛行長・倉兼義男少佐が、戦闘操縦の出身なのにまったく飛ばないのは、職務上不思議はないとして、二人の性格からムードの沈滞はおおえなかった。彼らへの反感は特にもたないけれども「個人的には柴田司令、山下飛行長がよかった」と語る澤口さん以上に、兵学校出の分隊士たちが新トップ・コンビを歓迎しなかった。

　二二型、五二型に乗っての岩国での訓練は翌二十年の三月初めまで。「月光」「彗星」の夜戦隊がいた兵庫県伊丹の陸軍飛行場へ、七日に移って演練を継続する。滑走路長が八〇〇メートルしかない岩国よりも、一二〇〇メートルほどは使える伊丹の方が、訓練に好適とも見なせようが、実は一日付で着任した海兵七十三期に岩国を使わせるのが主因だった。キャリアは予学十三期の少中尉が上で、素質（若さも含め）は海兵七十三期の中尉が上。将校の自覚がオーバー気味の後者が、海軍になじみ切らない予備士官の前者になにかと絡《から》む（著者の全般的判断による）のは明白ゆえに、分離し伊丹へ出したというのが正解だ。ただし、七十三期の行き脚《あし》でも絡みかねる十三期が二人いた。澤口少尉らより二ヵ月ちかく前に着任していた、前期組の福岡正信、佐藤寛二両中尉で、ともに十九年十二月一日付の進級だから、三月一日付の七十三期より確実に先任だ。他隊には「進級時期が違っても、同階級なら指揮権と先任順は海兵・海機、予学、特務の順」とする、以前の軍令承行令を譲らない七十三期がいたが、三三二空では目に付かなかった。

昼戦隊で、飛ぶだけでも難しい「雷電」に乗れるのは、海兵七十三期以上の士官と、新人を除く下士官兵搭乗員に限られた。七十三期は皆無、予学十三期は佐藤中尉一人だけだった。ほかは零戦で出撃し、「雷電」に乗れる者もしばしば零戦を使った。

的《まと》を務め、試射も担当

F－13（B－29偵察機型）およびB－29の関西・中国方面への侵入は、十九年十一月二十

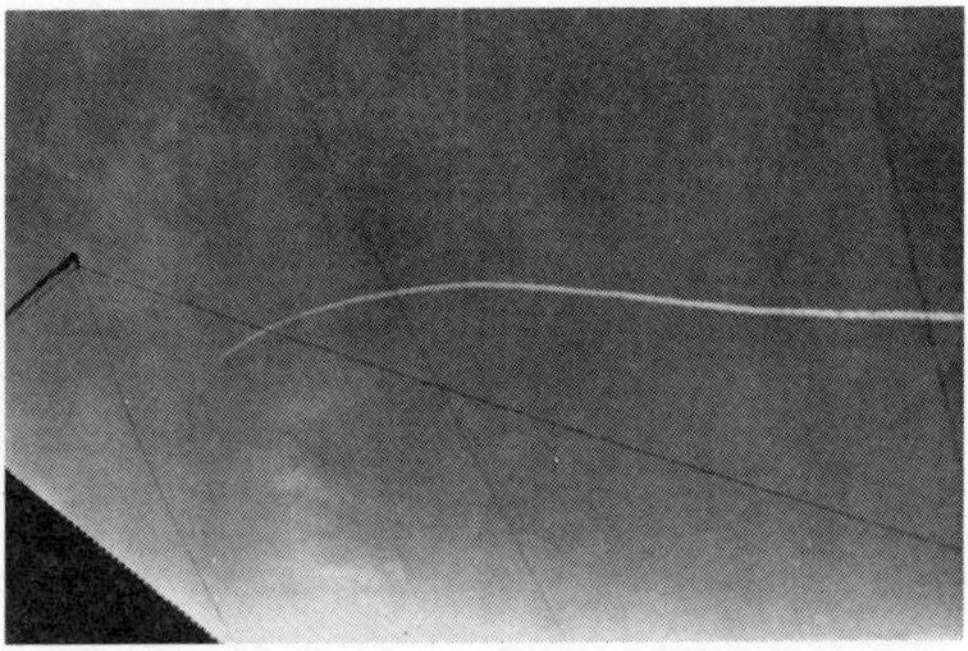

三三二空の搭乗員が岩国基地から撮った単機のF－13Aが引く飛行雲。中国地方の空域に初侵入した11月21日と思われる。

一日に始まった。

これを受け、阪神防空を主眼に置いて、十二月中旬に主力（零戦三〇機、「雷電」一五機ほど）が兵庫県鳴尾の競馬場あとへ移動する。夜戦隊が主用し、錬成途上の予学十三期が訓練する伊丹飛行場、海兵七十三期と下士官兵が訓練する岩国基地とに三分され、上達が早い下士官兵を逐次、鳴尾へ送りこむ。二月五日には司令部の場所も、岩国から鳴尾に変わった。

伊丹にいた十三期の澤口少尉と町田次男少尉が、四月に入って伊丹から岩国に呼ばれた。岩国に残されていた零戦で、岩国沖を航行する戦艦「大和」の射撃目標を務めるのが役目。長機を梅村分隊長が担当する。

四日、瀬戸内海をゆっくり進む「大和」、軽巡「矢《や》矧《はぎ》」、駆逐艦八隻に、長機、二番機・澤口少尉、三番機・町田少尉の三機編隊で降下擬襲をかけ、続いて高度五〇〜六〇メートルでの低空雷撃擬襲でスレスレに離脱。これを三回くり返した。機銃員だけが模擬射撃にいそしみ、残りの乗組員たちは懸命に帽子を振っていた。

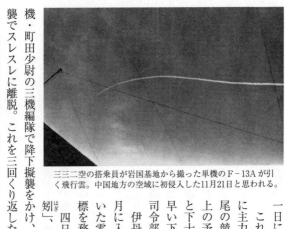

僚艦をしたがえて戦艦「大和」が航行する。19年10月25日のフィリピン沖海戦を前にした米海軍機からの写真だが、20年4月4日の瀬戸内海移動時に零戦が仮想敵を務めた雷撃擬襲、模擬射撃の状況を想像できる。

いつも訓練する四機でなく、三機編隊だったのはなぜか。澤口少尉の疑問への回答は、岩国に零戦が三機しかなかったからだ。二人がわざわざ呼ばれたのは、飛行学生を終えて一ヵ月の海兵七十三期を連れて飛んで、衝突事故が起きたら大変だから。勢い過剰ぎみの彼らの技倆は、敗戦の日まで戦力の域に達しなかった。

この擬襲の数日前に、梅村大尉と同じ六十九期で、空席の飛行隊長に補任された浅川正明大尉は、フィリピンで「紫電」の戦闘四〇一飛行隊の指揮をとっていた。だが四月十六日、「雷電」の事故で殉職したため、梅村大尉が任務を受けついだ。ただし、飛行隊長らしく率先して敵に向かう気迫をそなえず、新分隊長の海兵七十一期と飛行時間が充分でない七十二期が、鳴尾の指揮官を務めた。

戦力の中心はベテランの特務士官と准士官、古参下士官たち。さらに年季深からぬ下士官兵が

分解状態の九九式三番三号爆弾改一。左から弾体外殻、弾子(手前)、弾子のコンテナ、尾翼付き尾部。細い尾翼4枚の折れによる回転(下向きで右回転)だけでは、尾部内の時限装置を発動させる遠心力が足りないので、外殻にななめのヒレを付加してある。これが改なのだろう。

「雷電」と零戦に積極参入していく。加えて五月七日から、腕を上げた予学十三期が実戦用零戦乗りの戦列に加わった。

鳴尾での彼らの訓練に、三号爆弾を装備しての飛行が加えられた。主翼下に一発ずつ懸吊した九九式三番三号爆弾は、時限装置を発火させやすくする弾体回転用フィンを付けた後期型で、一四四個の弾子《だんし》（一個八五グラム）を含んだ三八・四キロ。

主目標がＢ－29の大編隊なので、ダメージを加える可能性を少しでも高めるため、時計式（時限式）発火装置の信管への作動を一発は三・五秒、もう一発は四秒とずらして、二発同時投下のさいに炸裂範囲の広域化をはかった。

三三二空では「雷電」には三号爆弾を装備せず、零戦はできるだけ付けて上がる方針を立てた。どちらにも取りつけない三〇二空、その反対の三五二空の、中間の使用度だ。

もう一つの空対空兵器は、仮称三式六番二十七号爆弾一型。六番（六〇キロ）の三号爆弾をロケット弾化して、両翼下に各一本付けたレールから発射する。一三五個の弾子を入れた六九キロの弾体は、最大九六五キロ／時で飛んで八〇メートル先で炸裂、弾子を散らすデータがあった。

三四三空でも試用していたこのロケット弾の試射を、澤口少尉が倉兼飛行長から命じられた。「八〇ノット（約一五〇キロ／時）で飛んで撃て。速すぎると、下から発射と破裂を見分けにくいからな。反動が強いかも知れんぞ」。少尉が命じられたのは、こうした兵器を実戦で撃つのに適した手ごろな技倆とみられたからだ。すなわち、予学十三期のうちでは彼の操縦レベルは高かったと推定できよう。

八〇ノットは乗機の零戦五二丙型の着陸速度と変わらない。五二型よりも重い丙型だが、澤口少尉にとってはどちらでも同じだ。鳴尾基地の真上、指定の機速よりも若干速めで発射した。すぐ側方へ避けてもう一発。反動はさほどでなく、離脱のさいに爆発がチラッと見えた。

ロケット弾については、これで沙汰《さた》やみ。半分運まかせの三号爆弾よりも、有用に感じたけれども、その後、三三二空で使われたようすはない。

澤口少尉が指名を受けたもう一種のテストは、機銃全弾装備の五二丙型による高高度飛行。一万メートルの高空を飛来する超重爆への、中クラスの操縦員の対応力を見るためだろう。一時間ちかくをかけて所定高度の付近まで上昇できたが、「機動はひどく困難」と報告している。

空を圧する巨大な敵機群

東京に続いて、焼夷弾を積みこんだ四〇〇機を超えるB－29の大群が、連続昼間空襲をかけてきたのは、六月に入ってすぐだ。まず一日。

十九年十二月と二十年三月の中尉進級にもれた予学十三期生存者の少尉のほとんど、二七〇名がこの日に進級した（少数名は少尉のまま）。澤口中尉、今村中尉、町田中尉たちもそのなかに入っていて、後期組が主体だった。三度に分けた中尉進級は、練習航空隊および実施部隊での考課表によったとされるが、早期進級者との区分が腑に落ちない者（もっと優秀と見なされていいはずの）が少なくない。

一日は四五八機が大阪市街地へ投弾。平均七〇〇〇メートルの来襲高度に対し、「雷電」、零戦が八〇〇〇メートル強で迎え撃つのは、機動の不如意、占位の困難は避けがたいながらも、交戦が無理なほどではない。「昼間空襲のB－29は八〇〇〇～一万の高高度で来る」イメージと、さきの高高度飛行テストの体験があった澤口中尉は、いくぶんホッとはしても、なお高高度での飛行と交戦に自信を抱けなかった。

兵学校出でやはり進級したての林藤《ふじ》太《た》大尉が、直上方攻撃で一機を確実撃墜。続いて二機を撃破して被弾し、燃える「雷電」から落下傘降下で帰ってきた。零戦五二丙型を駆った同期の渡辺清美大尉は、伊丹飛行場の北方に落ちて戦死をとげた。

ほとんど初陣《ういじん》の予学十三期たちも出撃に加わった。福岡中尉が零戦から投下した三号爆弾の成果は不明で、重要箇所（位置不明）への被弾と片足負傷のため落下傘降下し、鳴尾に帰り着いた。

零戦五二丙型に乗った林藤太中尉(6月に大尉)が両手を左右に開けば、左右主脚についた整備員がヒモを引いてチョーク(車輪止め)をはずす。邀撃戦では付けない増槽はテスト用か。

澤口中尉の五二乙型からの投弾も、放ったのちすみやかに離脱したため命中を確認できず、編隊のうちの一機に前上方から、九九式二〇ミリ機銃二梃と三式一三・二ミリ機銃一梃を斉射して、効果不明のまま下方へ突き抜けている。押し寄せる緊張と上気。四機ずつが十数機の梯団《ていだん》をなす巨大な銀色の敵空中艦隊の反応を、ごく短時間でも確認する余裕などとうてい持てなかった。

五日の神戸空襲では初めて三号爆弾を付けて、五二丙型で上がった。澤口中尉を落ち着かせたのは、来襲高度が五〇〇〇メートルと低い点で、市街からわき上がる火災のすさまじい煙も、十数機ずつがまとまった敵編隊のようすも、記憶に残せた。ただし投弾の実際的なノウハウを身に付けていないのと、好位置での捕捉ができないため効果は不明。

四〇機あまりのB－29が、川西航空機の鳴尾本工場を空襲した六月九日。同期の狩野《かのう》修中

上：B－29・473機からの焼夷弾が神戸市街地を崩壊させた、関西への最大規模の空襲は6月5日。右翼に被弾した第29爆撃航空群機が太い白煙を引く。下：鳴尾基地戦闘指揮所の前で昼戦隊員たちが空戦談義。左から福岡将信中尉、澤口少尉、福井親宣少尉、後上方攻撃をしめす分隊長・中島孝平大尉。

尉らと出動し、敵編隊が小規模でコースと離れていたため、大阪府南部まで追ったけれども交戦はかなわなかった。

鳴尾基地へ無線電話で帰投の意志を伝えると、焼夷弾にまじった爆弾に滑走路を壊されて着陸不能、と知らされ、和歌山県境に近い陸軍の佐野飛行場へ向かう。場内に表示された、風向を示す地上信号（いわゆる定型布板）が現状にそうように直されておらず、中尉たちは追い風で降りて容易に行き脚《あし》を止められなかった。

本部へ不時着陸の申告に行くと、飛行場大隊長が「三点着陸がうまい海軍さんでも、苦労するんだね」と慰めてくれたが、あとから「申しわけない。布板が違っていたよ」と謝ってきた。やがて出された夕食は意外にも、三三二空の士官搭乗員食の上を行く内容だった。おわびの特別食を出してくれたのかも、と澤口中尉は好感を抱いた。

「B-29」四機の正体は？

大阪と西に隣接する尼崎の市街地が、超重爆の巨大集団（第20航空軍の記録では四四四機）から焼夷弾を浴びたのは六月十五日の午前だ。

三三二空・昼戦隊の主力二七機（二五機？）が邀撃に離陸したのちに、別動で澤口中尉と川上福寿少尉の零戦は紀伊半島南端・潮岬の沖九〇キロへ飛んだ。近海で活発化する米潜水艦の制圧が目的だから、六番（六〇キロ）爆弾を付けたと思うが、詳《つまび》らかではない。

川上少尉は二式水上戦闘機からの転科で、乙飛出身のベテラン特務士官だから、飛行のリードを担当した。該当海域をめぐる低空飛行を続けたのちに、無線電話からB－29の情報を得て帰途での捕捉をめざし、高度を上げながら北上を始める。まもなく四発機の四機編隊を認めた。

先頭の一番機にねらいを定めて、川上少尉が逆落《さかお》とし直上方攻撃に入った。澤口中尉も零戦同士で訓練しており、既知の操舵で続こうとしたとき、敵四番機が機首をもたげて向かってくるのが見えた。同時に、澤口機をめがけブローニングM2一二・七ミリ機関銃を撃ってくる。四発機が敢然と、単発戦に闘いを挑むつもりだ。

「アメちゃんはすごいな！　日本の爆撃機じゃとてもマネできんぞ」。まさしく正直で正確な感想である。

斉射して下方へ抜け、上昇にかかったとき、彼の零戦が後方から撃たれた。曳跟弾《えいこん》を見たように感じた中尉は、四月から現われたP－51D「マスタング」ではない、太い機首の小型機が、側方を飛び抜けていくのを見送った。滑油タンクに被弾して、オイルが固定風防を黒く汚す。川上機が側方に寄ってきて、中尉を誘導。損傷に加え、対潜哨戒で残燃料も少ないから、これ以上の任務は不可能だ。鳴尾基地へまっすぐに飛んで、無事に降着できた。

戦後も澤口さんはこのときの敵を、果敢に向かってきたB－29の四番機と、撃ちかかった空冷のF6F「ヘルキャット」、と思い続けた。しかし、投弾を終えて帰還を急ぐB－29は、零戦に積極的に立ち向かいはしない。またこのとき紀伊半島~四国の沖に、米空母がいた事実はなく、沖縄からのP-47N「サンダーボルト」では関西まで飛来できない。

筆者の判断では、「B-29」は沿岸の船舶を沈めにきた、硫黄島のPB4Y-2「プライバティア」哨戒爆撃機だ。四発と大きな垂直尾翼から、日本機のパイロットでB-29と誤認した者が少なくない。四機編隊、積極的な交戦姿勢もPB4Yに合致する。

PB4Y-2「プライバティア」がさざ波の海面上を低く飛ぶ。縦横比の大きな主翼と四発、高い垂直尾翼から、日本側がB-29と誤認するケースがよく生じた。12.7ミリ機関銃12梃の大火力と高い機動能力を武器に、積極的に日本機を襲った。

小型機については実は、陸軍の四式戦闘機の可能性がより高いのではないか。空域が判然とせず、部隊を特定しかねるが、二式戦あるいは五式戦も範疇《はんちゅう》に入るだろう。側方に見たのは一瞬だから、日の丸の視認不能はありうる。

すなわち、PB4Yへ向かっていた陸軍戦闘機が、遠距離の零戦二機を見て米軍と思いこみ、一撃を加えた。ここで味方撃ちに気づいてまっすぐ飛び去った、とする誤認射撃の流れだ。熟練にいたらざる操縦者の技倆と、内地上空の不利で苦しい戦況下を想定すれば、もはや異常とは言い切れない事態だろう。

列機（もちろん術力からすれば長機だが）に戦場なれした川上少尉がついていたのは、澤口中尉にとって一番の幸運だったかも知れない。

帰らざる中尉二人

九州・大村基地の甲乙戦隊（昼戦隊）の解隊で、六月上旬に搭乗員たちが三三二空に転勤してきて、予学十三期だけでも三十数名に増加した。戦列に入れる腕の転入者ももちろんいたが、まず部隊の方針と、基地を含む地勢および空域に慣熟する必要があって、すぐには戦列に加えにくい。

だから出撃可能な予備士官は、旧来の七〜八名から急には増えない。そのうち二名が、六月下旬に斃《たお》れていく。

近畿・中国の五ヵ所の爆撃目標へ、合計三八一機が投弾した六月二十二日。搭乗割は一番機が先任の福岡中尉、三番機はラバウルで複数の撃墜を記録した長野道彦上飛曹の小隊だった。二番機・澤口中尉が乗る五二丙型の翼下には、三号爆弾が付いている。不具合を来《きた》したらしい四番機を欠いた、変則の三機編隊がめざすのは四国沖である。

B-29集団は日本上空に侵入する前に、マリアナからの長距離飛行後の梯団を整える。そこにまず一撃を加えて攪乱《かくらん》するのが、この日の彼らの任務なのだ。四国東方から太平洋に出ると予想にたがわず、水平線をギラギラと埋めて集結しつつあるB－29の大群が見えた。

まだ集結の最中で、機首を目標へ指向する前だ。敵と同じ中高度から、もう一〇〇〇メートルほど上昇する。弾子の覆域を広げるため、相互の間隔を広げた零戦は、二〇〇〇メート

上：福岡中尉が零戦五二丙型の操縦席に入った。固定風防の45ミリ耐弾樹脂ガラス、右舷に長く出た13ミリ機銃の後部、背中をカバーする防弾鋼板が彼を取りまく。下：待機所でいっぷくの町田次男中尉。かたわらのB－29大型模型は戦法研究や攻撃箇所の説明に使う。形状も正確だ。

ルの距離を置いて順次に突っこんだ。

零戦に対応して、B－29の巨体が巧みにうごめく。ななめ前方から一発目を放った澤口中尉は、ついで二発目を投弾して、機銃を全弾連射しながら後下方へ離脱した。攻撃に手応えがなかったら、ぶつける覚悟だった。

事前の打ち合わせどおり、中尉と長野兵曹は単機ずつで、同じころ鳴尾に帰ってきた。福岡中尉だけ未帰還のままだ。二人とも分散後の彼の戦闘は見られなかった。両機が帰る前に海軍の監視艇（陸軍監視哨ともいう）から、福岡機がB－29に体当たり攻撃を加えた、との報告が八木司令にもたらされていた。

福岡中尉の出身校は三重師範学校。澤口中尉が学んだのも師範だが、同僚・部下に対してより優れた対応をみせる福岡中尉の統率力を認めていた。

四日後の六月二十六日、もう一人の親しい同期生、早稲田大学出身の町田中尉が散っていった。澤口中尉が予備学生として三重空で基礎教育を受けて以降、第二美保空、大村空と、同じコースを歩んできた、縁あさからぬ戦友だ。

鳴尾では中少尉が入る住友金属社員寮の同室住まいで、茶目っ気をみせる、ほがらかな男だった。ふざけ合って、前の柴田司令から「お前たちは犬コロみたいだ」と笑われた。

大阪と名古屋の大工場を爆撃したB－29に、硫黄島から一四八機出動のP－51Dが随伴していた。関西方面への戦爆連合による侵入は、六月一日以降四度目で、数と性能に劣る日本戦闘機を今回も圧倒した。

町田中尉の行動は明確でないけれども、三重県の鈴鹿上空でP－51一二機編隊にかかられ、山中に撃墜された。空域と機種、敵の戦果でしぼれば、敵はジョン・W・ミッチェル中佐が率いる第15戦闘航空群・第45戦闘飛行隊だった可能性が高い。名古屋へ向かう敵機群を追ったのだろう。列機の零戦の有無は分からない。

三三二空司令部に入った監視哨の報告では、敵機は四機ずつの三段がまえ。前方の小隊に中尉機が迫って攻撃にかかるとき、すみやかに降下した後上方の小隊から射弾を受けた。発火した零戦から脱出し、落下傘降下中の町田中尉を、P－51がねらい撃つ。

降着地点に駆けつけた住民たちは、落下傘を敷いて遺体を置き、「天皇陛下万歳」を唱和して魂を送った。警防団からの通報で現場に来た憲兵が、検死と所属確認ののち写真を撮影。翌二十七日、憲兵隊から写真が鳴尾基地に届けられた。一二・七ミリ弾を受けた遺体は損なわれ、町田中尉の敢闘苦戦をものがたっていた。

容量420リットルの落下タンク2本を付けた第45戦闘飛行隊のP－51D。町田中尉機を撃墜したのと同じ部隊の4機編隊だ。

澤口中尉は梅村飛行隊長から写真を借り、夢で再開できるかと思って枕の下に入れた。彼の希望は、残念ながら達せられなかったが。

玉音放送をはさんで

その後も邀撃《ようげき》戦に出る機会はあって、澤口中尉のB－29へ接敵する専心度が高まったようだった。P－51への警戒よりも超重爆攻撃に意識がつのり、後方に占位されたのを曳跟弾《えいこんだん》の光で気づいて、反射的に離脱する。幸運にも被弾ゼロで帰投できた。大阪造兵廠、住友金属、川西・宝塚製作所が爆撃された七月二十四日ではなかったか。

分隊長・中島孝平大尉が「きさまの戦闘は無謀にはしるぞ」と叱るほど、自分を考えない機動を中尉はとっていた。町田中尉の時計を左手に付けて。

四機小隊を何個も組めるだけの可動機数はもはやなく、編隊もはるか高威力なP－51の群れに追い回されて、単機行動を余儀なくされる。三号爆弾も携行しなくなっていた。もう防空よりも、陸海軍の主眼は本土決戦に置かれつつあった。

八月に入って予学十三期メンバーから、今村中尉ら三名が汽車で横須賀空へ向かった。ロケット戦闘機の「秋水」搭乗要員としての転勤である。赴任する三一二空の司令・柴田大佐、飛行長・山下少佐とは、かつて三三二空でなじみがあって、汽車で東上する彼らの緊張がそのぶん薄らいだ。

敗戦後の鳴尾基地には三三二空が使った20～30機の零戦が放置、廃棄されていた。飛行場外のすぐ近くまで家屋がせまる軍民併存地帯だった。

横空での主食の白米は鳴尾と同じだが、飛行作業を終えた士官搭乗員のため、従兵がアイスクリームを指揮所に持ってくるのには驚かされた。

三一二空にくらべて三三二空に気迫のムードが流れにくいのは、幹部トリオすなわち八木司令、倉兼飛行長、梅村飛行隊長に戦闘意欲が見られなかったから、と表現して間違いではない。

死闘のあいまにトランプや雑誌で静かに鋭気を養う搭乗員に「外で運動しろ」「射距離判定でもやってみろ」と口うるさく、機材の隠匿《いんとく》と分散をくり返させる司令。飛行長は飛行作業に疲れる搭乗員に関心を持たず、飛行隊長も司令の機嫌を忖度《そんたく》し、部下との歓談もなく部屋へ引きあげる。こうした振る舞いにうんざりしたのは予備士官よりも、三人の後輩たる兵学校出の先任分隊士たちだった。

西宮市街地への無差別空襲があった八月五〜六日の夜、隣接する鳴尾へも焼夷弾の被害が及んだ。一時間のうちに、基地周辺の掩体に隠した「雷電」と零戦合わせて一七機を焼失し、指揮所や宿舎も火に呑まれた。部隊にとってかけがえのない機材は、この戦局下、短時日での補充など期待できない。まさしく痛撃である。

むき出しの陽光のもと、夜戦隊をふくむ搭乗員総員が焼け焦げた指揮所の前に整列して、十五日の詔勅《しょうちょく》に耳をかたむけた。雑音にじゃまされて言葉の多くを聴き取れないが、暑さのなかで澤口中尉にも敗戦らしいと理解できた。戦闘の場面と戦死者の姿が、脳裡《のうり》を流れてやるせなかった。

八木司令は「君側の奸《かん》のなせる業《わざ》である。全員、特攻となって戦う」と現状維持を発令した。十六日の夜には、第58任務部隊の空母群が四国沖に接近の情報を受けて、「雷電」をふくむ分隊長以下の特攻編成が作られたが、十八日払暁の林大尉、越智明志上飛曹による「雷電」二機の、足摺岬沖への索敵（両機ともエンジン故障で不時着水）で、部隊の作戦飛行に終止符を打った。

学窓に復帰した澤口元中尉は十月に、存分に飛び、死闘の日々を送った鳴尾基地を訪れた。まだ残務整理下にあり、飛行長だった倉兼元少佐がやってきて、お茶を出してくれた。自分はこの人の部下だったのだ、という感情があらめて湧いてきた。

これが「月光」の操縦員

——二心《ふたごころ》なく海軍に務めた三年余

対ボーイングB-29防空戦で部隊単位の最多戦果を収めたのは、京浜地区が主要守備範囲の第三〇二《さんまるふた》海軍航空隊だ。昼間戦闘だけならさらに多い戦果を報告した陸軍戦闘部隊があるようだが、夜間では確実にトップの戦績を残している。既刊拙著の長編記録（「首都防衛三〇二空」）でその全貌《ぜんぼう》を、判明するかぎり記述した。

この本は著者にとって、最多文章量の作品だ。とはいえ、あくまで航空隊と隊員たちを時の流れで追った部隊通史だから、なかに収めた個々の空戦行動、エピソードの記述量が充分と言いにくいのはやむを得ない。

ほかの誌面、拙著内で「雷電」や零戦／零夜戦については特定個人の活動を短編にしていても、三〇二空の夜戦を代表する「月光」の一搭乗員にしぼった記事は、どうしたわけか筆にした覚えがない。

そこで今回は、かつて四〇年にわたって厚誼《こうぎ》を願った大橋功《つとむ》さんの、訓練、搭乗感覚、実戦経過などをつぶさに述べて見たい。

夜戦搭乗員に決まるまで

海軍を志願した満十八歳の大橋さんが入団したのは、珊瑚海海戦を六日後にひかえた昭和十七年（一九四二年）五月一日だ。三重県の出身だから呉海兵団で教育を受け、機関兵として戦艦「日向」に乗艦する。軍艦内の規律は大型艦ほどきびしさを増すのが常で、戦艦が最たるもの。最下級の新兵に加えられる旧兵の殴打に耐え続けた。

メカニズムへの関心を有し、飛行機にも関心があった大橋一等機関兵は、十七年十月の第十六期丙種飛行予科練習生の募集に応じた。落ちてもどれば「お前は機関より操縦がいいのか！」と手ひどい制裁を受けるのを覚悟して。

さいわい高倍率を突破して予科練生に採用され、衣嚢《いのう》を肩に土浦航空隊までやってきた。すでに海軍軍人である丙飛（同期生でも採用時の階級、キャリアに差異があるのが特徴）の、予科練教育期間は短い。十六期は十八年一月末からの四ヵ月間で教程を終える。いまさらとも言いうる予科練の思い出は概して深くないが、大橋練習生には格別の〝試練〟が待っていた。

タバコを手に入れた者が仲間を呼んで、便所で七人がまわし喫《の》みをやってみた。六人は初経験だったらしく咽《むせ》てフラついたのに、家がタバコ屋の大橋練習生は吸いなれていて、ひさびさの味を楽しんだ。それが面白くなかったのか、あるいは彼らのいたずらを知った誰かなのか、教員に密告した者がいた。

降下ののち着陸にかかる九六式陸上攻撃機(二一型)。大橋上飛がもっている双発機への操縦適性を教員は的確に見抜いた。

密告者から大橋練習生の名と、参加は七人なのを聞いた教員は「お前のほかは誰だ?」と問う。他の者をかばい「私一人です」と言い張る彼に、先任下士官がバッターと称する太い棒で尻を激しく叩いた。一発、二発…痛烈な痛さに、一三発まで打たれて気絶した。この仕打ち《リンチ》で下半身の神経が崩壊し、兵役免除に至った例もあったのだ。

打撲の鬱血《うっけつ》で臀部《でんぶ》からひざ下まで、まっ黒に変わった。入浴時は前でなく、後ろを隠して入る。その後六人のうちで庇《かば》われた礼を言ったのは、一人だけだった。

予科練の終了時に、操縦三個分隊三九九名、偵察二個分隊二〇四名に分けられた。大橋上飛(上等飛行兵)は望んでいた操縦だった。

合計六〇三名の同期生のうち、戦死、殉職は三分の二の四一二名。まさに死をめざすがごとき兵種、職域と言っていい。

第三十二期飛行練習生の教育は、五月下旬から始まった。百里原航空隊で赤トンボ、すなわち九三式中間練習機に搭乗。半年で卒業し、機種を陸上攻撃機に指定されて、台湾の新竹空と鹿屋空で九六陸攻に慣熟した。これがいわゆる延長教育だ。

双発機に違和感がなく、離着陸は容易だった。教員の上飛曹から「お前の操作は的確だ。機動がもっと激しい機種でもこなせるぞ」とほめられた。教員も眼力を備えていたと言えよう。十九年三月二十二日に延長教育を終えて、木更津基地行きを命じられたのには、この教員の考課表が影響していたと思われる。

ちょっと郷里へ帰って二〜三日すごせるだけの時間はあるのだが、実直な大橋上飛が木更津駅に降りたのは翌二十三日だ。

木更津で「月光」に乗る

零戦錬成用の厚木空に付属していた木更津派遣隊の任務は、丙戦（夜間戦闘機）「月光」の錬成にあった。厚木空の二〇三空《ふたまるさん》への改編により、派遣隊は横須賀鎮守府管区を防空する三〇二空に編入された。錬成任務から実戦用の三〇二空・丙戦隊に役目が変わったのだ。

ただし、「月光」に慣熟させる訓練任務はそのまま残された。大橋上飛は三〇二空に配属のうえで、錬成員として操縦訓練を受けるのだ。

三〇二空・丙戦隊の主力機材が「月光」である。この一一型の風防の後ろに迎角30度で突き出した2梃の九九式二号20ミリ機銃三型を斜め銃と呼んだ。

上飛にとって「月光」はもちろん初めての機材だ。まず何度かの滑走によりレバー、スイッチ類の位置や扱いを覚え、計器板上の計器の位置を頭に入れる。スロットルレバーが頭上に付いた九六陸攻と違って、座席の側方にあるのが大きな相違点。走行時の多少の速度変化と手ごたえの違いも味わった。

続いて離陸。副操縦装置の機はないからいきなり本番だが、特に困る点はなく、浮揚後まもなくに脚を入れて気取ってみたほどだ。あとで上官から「不安定な離陸時にそれをやると危険だ」と注意を受けた。場周旋回をすませてパスに入り、問題なく三点着陸で接地できた。とりわけ降着時、低速の「月光」は安定度が低く、難渋するベテランも少なくなかったが、初回も以後も彼はそれを感じていない。九六陸攻で双発に感覚がなじんでいたのも手伝ったのだろう。

この三月下旬に、木更津基地にあった「月光」は一二〜一三機だった、と大橋さんは戦後三〇年をへたころに覚えていた。十九年四月初めの三〇二空の保有機リストには一五機と記載されており、修理中とか受領による増減を考えれば、彼の記憶の正しさを知れよう。

そのうちの一機には、前席と後席に操縦装置が付いていたそうだ。最初に飛んだ機なのかどうかは分からないが、J1Nシリーズには小改造型がいくつも作られているし、また大橋さんの記憶力からしても間違いないと考えられる。前身の厚木空・木更津派遣隊が「月光」搭乗員の養成組織だったから、複操縦装置付きがあるのはむしろ自然と言えよう。

付近海域での計器飛行および洋上飛行の訓練は、昼間に実施された。夜間に漆黒《しっこく》の洋上に出て飛び帰るまでの技倆《ぎりょう》は、操縦員、偵察員ともにまだ備わっていなかった。

「月光」が引く曳的（曳航標的）を、後席に井上二飛曹を乗せた大橋上飛の「月光」が追う。斜め銃の演習弾による射撃訓練を終えたのちに、エンジンに不調を来《きた》した。未経験の事態に上飛は「しまった！」とあわて、速度低下が失速につながらないように降下に入れた。

本来ならごく浅い角度の降下を維持して、降着できる場所を広範囲に探すのだが、あせりから降下角は二〇度ほどにも及んでいた。前方に湖が見える。「アッ」と気づき、湖水に落ちないよう反射的にフラップを出すと、機首が起きてうまく飛び越え、その先のぶどう畑に滑りこんだ。

ぶどう蔓《づる》のクッションのおかげで、動力部と機体の下面、主翼の傷《いた》みですんで、発火は生じなかった。のちに「不時着の大橋」と呼ばれる、その一回目がペアに負傷なく終わったのは、運による部分が少なくない。

五月に入って飛行兵長に進級。六月八日付で彼に三〇二空付の辞令が伝えられ、そのまま木更津で飛行作業を続けた。下旬に入って木更津派遣隊は厚木基地へ移され、「雷電」隊、零戦隊と合流した。

「月光」を空輸した記念に千歳基地で写した。後ろ左はしが大橋飛長、その右はペアの偵察員・太田隆夫二飛曹。

昼間用の第一飛行隊と夜間用の第二飛行隊に分かれて間がなく、後者の「月光」隊は二個分隊編成だった。大橋飛長にとっての分隊長は遠藤幸男中尉だ。ただし遠藤中尉は第二分隊長ではあっても、二個分隊の区分は名目上で、分隊士および分隊員たちは第一、第二に分けられてはいなかった。多人数だから単に二分が可能とみなし、分隊長が二人いる、という概念が実情である。

厚木基地上空付近の空域で訓練飛行に従事していた大橋飛長が、初めてちゃんとした飛行任務についたのは六月末〜七月初め。三〇二空は他部隊への「月光」と搭乗員の補充もときおり請けおっており、このときは第五十一航空戦隊・付属夜戦隊（のちの戦闘第八五一飛行隊）の千歳基地へ、三機を空輸する任務だ。一時的に第一分隊長の立場にあった森国男大尉が指揮官を務めたように、大橋さんは記憶する。

三番機に位置する飛長にとって、初めての編隊飛行だ。偵察席には太田隆夫二飛曹が座る。下士官任官が早い甲飛予科練（十一期）なので、実施部隊のキャリア（三〇二空だけ）はともに三ヵ月程度。新人ペアの気持ちを読んだように、雲が増えていき雲中飛行に変わった。一番機、二番機の機影が見えない。太田飛長は長機へ送信して、仙台に近い松島基地に降りる指示を受けた。視界ゼロの中を降下し、垂れこめた雲の先に飛行場が見えたときの安堵《あんど》感。無事に着陸したら、二機は先に降りていた。三番機の新人ペアにとって、恰好《かっこう》の不時着陸（不時着にあらず）を経験できたのだ。

千歳からの帰途は零式輸送機《ダグラス》への便乗で、なんのトラブルも起きなかった。

初の作戦は洋上誘導

間を置かず、三〇二空にとって初めての作戦行動に加わる。こちらは、そう簡単には終わらなかった。

東京をはじめ日本要地へのB－29空襲をめざす米軍は六月中旬、マリアナ諸島の奪取に出た。サイパン島に十五日に上陸し、七月三日から第58任務部隊の搭載機が硫黄島、父島を襲った。海軍は海上邀撃の東号作戦を発動し、四日の夜に横須賀鎮守府から三〇二空へ出動待機が伝えられた。

東京〜硫黄島の中間点の鳥島。その東方二二〇キロに敵空母がいる、との情報（誤報）だ。東京まで六〇〇キロだから、北上されれば翌朝には敵機の戦闘行動半径内に入ってしまう。司令・小園安名《やすな》中佐から夜間攻撃の編成を命じられたのは、かねて夜襲作戦に一家言《いっかげん》をもつ第二飛行隊長待遇の美濃部正大尉。部隊初の出撃である。

五機の「月光」を単機ずつ、七度おきの扇状索敵を東南海上へ先発させる。そのあとを、「月光」一機と零夜戦分隊の零戦二機からなる三機の小隊・六個隊に追わせる。「月光」は六番（六〇キロ）通常爆弾で爆撃、零戦は二〇ミリ機銃の掃射だ。五日の午前一時すぎから発進が始まった。

搭乗メンバーには下士官主体の中堅と新人が選ばれた。最初の実戦の重圧、夜間の空母索敵攻撃の難度の高さに、分隊長やベテランの率先垂範の信条が引っこんだと見ても、あながち間違いではないだろう。芳《かんば》しからぬ天候が前途のいっそうの多難を示していた。

第三小隊の一番機に配置された大橋飛長のペアは、ラバウルで「月光」の経験をもつ金子健次郎上飛曹。午前一時四十五分に離陸し、南へ二〇キロと飛ばないうちに片発が不調におちいった。未経験の振動が乗機と身体を震わせる。

洋上飛行は無理と判断した飛長は、後席の機長に「引き返します」と伝声管で伝え、後席

厚木基地に近い山林に不時着した大橋飛長—金子上飛曹の「月光」からもげた2基のエンジン。ペアは深手を負わなかった。

が受けもつ爆弾の投棄を頼んだ。戦地帰りらしからず、うろたえて「どうした、どうした⁉」と問う金子兵曹に、「俺の技倆が不安なのか」と一瞬考えた。旋回して、遠くに厚木の滑走路がほの白く見えた。誘導コースにかかる手前でまともな方のエンジンが止まって、揚力を失った「月光」一一型は林の中に突っこんだ。

前後席とも血だらけで、目標指示弾のアルミ粉にまみれていた。燃料と折れた木の臭いで我に返った飛長は、気絶の金子兵曹をゆり起こし、のしかかった松を満身の力で持ち上げる。電信機の周波数を制御する水晶片と、機器材のデータ・説明を書いた赤本を忘れず持ち出すように頼んで、機外へ出た。

動揺した兵曹は、爆弾を捨てる役目を果たしていなかった。あわてた二人は這《は》うように機から離れて、早朝に牛を引く村人を見つけ、役場から隊へ連絡してもらった。トラックでやってきた兵器整備員が「（信管の作動を止める）安全風車がもう少しで外れましたよ」と話す。火災に至らなかったから助かったのだ。

誘導を受けていた零戦五二型二機のうち、二番機は小田原沖に着水して生還。三番機は館山基地に近い山すそにぶつかり戦死した。

結果的になすところなく、初作戦は失敗に終わった。最大の原因は敵機動部隊の存在海域に対する誤報である。付随して、三〇二空の対応力、出撃搭乗員の慣熟度、飛行機の諸性能、支援組織の能力のどれもが未熟で未経験なゆえの、やむをえざる帰結に相違なかった。

金子上飛曹と大橋飛長は指揮所の中で遠藤分隊長に会って、「飛行機を壊して申しわけありません」と詫びた。飯の盛りが少ないと食卓番（食事の世話係の兵）を鋭くにらみつけ、〝ラバウル帰りの猫〟と陰《かげ》で呼ばれて敬遠される兵曹も、今回はしゅんとしている。

「機材は作ればできる。しかしお前たちは一朝一夕にはできない。人間の方が大切だ。気にするな」。遠藤中尉は簡単明瞭に語りかけた。飛長の胸がうれしさに満ち、同時に分隊長につよい尊敬の念を抱いた。それは人生を終えるまで維持されるのだ。

「機材よりも搭乗員が大事」
と明言した遠藤幸男分隊長。

夜間と高高度の訓練飛行

六月下旬に木更津から厚木に来てまもなく、第二飛行隊の駐機場《エプロン》や格納庫の裏で、鉦叩《かねたた》きと呼ばれる地上訓練が始まった。B-29「スーパーフォートレ

棒の先にB－29の模型を付けた3名は逃げ、「月光」を持つ1名が近づこうとする。同じ歩幅だから、敵針路推定力すなわち接敵効率を高める地上訓練と言えよう。

ス」の模型を先端に付けた棒を持つ搭乗員と、同じく「月光」の棒を持つ搭乗員とが、酸素ボンベをチーンと鳴らすつど同じ歩幅で一歩ずつ歩く。「月光」は近づこうとし、B－29が逃げる。

地上、二次元での接敵試行だが、捕捉の難しさを学べるトレーニングで、ラバウルでの発案と大橋飛長は聞かされた。急機動の特殊飛行《スタント》は使わない夜戦にとって、確かに容易にできて有効な捕捉練習に違いない。

昼間の飛行訓練は、単機を主体に進められた。昼に慣熟すると、夜空へと移行する。待てば夜が明けるから対応しやすい黎明《れいめい》から始まり、帰還時には暗くなる薄暮、ついで全航程が陽光なしの夜間飛行へ、順次に難度を高めていく。

夜間をとりたてて重荷に感じない大橋飛長は、九月十九日の横鎮管区防空演習のさいに、対馬一次《つしまかつじ》上飛曹とペアを組んで照射目標機を命じられた。軍港周辺に配置された、探照灯と高角砲（高射砲の海軍呼称）の捕捉訓練が主体だ。

目標機を追って光芒《こうぼう》が夜空を走った。「月光」の機首先端の透明部には布を詰めていたが、光につかまったら、前後席ともかなりまぶしい。そして灯の操作員の追尾がうまいと、すぐに照射を浴びてしまう。

ラバウル以来の夜戦偵察員としてB-24「リベレイター」の撃墜に加わり、厚木では先任下士官と同格のベテラン・対馬上飛曹は、大橋飛長の操縦経験を頭に入れて、翼内タンクの適宜の切り替えをなんどか注意した。だが光芒照射に気を奪われたせいか、飛長はこれを実行し忘れ、基地近くの空域でエンジンが停止する。

「機首を上げろ。ゆっくりとだ」。兵曹の声にハッと気づいた大橋飛長だが、もう高度がなく回復は不能だ。飛行場の手前でそのまま滑りこみ、農家の広い庭さきの樹々《きぎ》を押し倒して大木に当たり、機首を上げ片翼がもげて止まった。墓場の中だったらしい。こんども発火炎上がなかったのは、飛長の強運ゆえと形容して

対馬一次上飛曹は温厚で冷静な東北人。二五一空の新編以来ソロモン、トラック諸島で飛んだ生粋の夜戦偵察員で、三〇二空「月光」隊でも偵察技倆は高く、最先任の下士官の一人だった。

いいだろう。

飛長は運よく軽傷ですんだ。対馬上飛曹の右腕が折れていて、横須賀海軍病院に入院にしたのち、赤十字病院で一ヵ月。湯河原温泉で体調を整えて、兵曹は事故から三ヵ月後の十二月中旬に作戦飛行に復帰する。

サイパン島からのF－13（B－29写真偵察機型）が、東京上空に現われたのは十一月一日。はるか高空の機影と細い飛行雲を望見できた。「あれが敵機か。あんな高いところを飛んでくるのか」。この日に進級して下士官の末席に連なった大橋二等飛行兵曹に、まもなく高高度飛行訓練が伝えられた。

富士山までの空域を使って実施する。三機編隊で、長機は遠藤大尉（同日に進級）。まず「上がれる高さまで上がれ」の指令で上昇にかかり、高度四〇〇〇～四五〇〇メートルで酸素マスクを装着する（空戦時は付けたまま離陸する）。編隊で飛ぶのもマスクを付けるのも、二飛曹にとって初経験だ。間隔を開いて高度をかせぐ。弾丸なしの軽装備のおかげもあって、一万メートル近くまで上昇できた。

夜戦にとっては編隊飛行の必要性が基本的にないから、これまで訓練項目に取り入れていなかった。このため二番機の兵曹、三番機の大橋兵曹は、分隊長から緊密な編隊を指示されてもピタリとつけず、これに長機に従う緊張が加わって、どうしても及び腰だ。少し機動されると長機との間隔を維持できない。近づきすぎてあわて、スロットルをしぼって間隔を開く列機たちを、帰還後「ドジョウ掬《すく》いみたいだったな」と中尉は講評した。

帰投にかかったのは夕刻。六〇〇〇から七〇〇〇メートルの高度から見る芙蓉峰は夕陽をあびて赤富士に変わり、「よくぞ搭乗員となりにけり」の感を二飛曹に味わわせた。

空振りの豊橋

「月光」隊で遠藤大尉に次ぐベテランなのが、第二十九期偵察練習生の出身で飛行キャリア一〇年の横田政吉少尉だ。固有の下士官ペアがいたが、気性がもうひとつ合わなかった。

十九年の十二月ごろか、大橋二飛曹が知らないところで彼の名があがった。分隊士なのに偉ぶらない共通点がある、横田少尉と林英夫飛曹長は気ごころが通じていた。「あれなら大丈夫。悪運が強いから死にませんよ」が林飛曹長の勧めだった。

三度の不時着で乗機が壊れても、重傷を負わない操縦員は推挙に値する。ソロモン諸島でB-24二機、B-25「ミッチェル」（夜戦では唯一例）一機を落とした辣腕《らつわん》に加え、人格を認め合った飛曹長の進言を、少尉は受け入れたわけだ。

落ち着いた性格で偵察術に秀でた横田分隊士に、大橋二飛曹が寄せる信頼度は増していく。指示にそむかず確実な操縦ぶりを見せる二飛曹は、少尉にとっても生命をゆだねていい部下と認め得た。遠藤大尉（一月十四日に戦死）の戦果に対する少尉の「過剰な面がある」との評を、二飛曹は受け入れなかったが。

第二飛行隊のエプロンで「月光」を背にした大橋二飛曹。紫のマフラーをとがめる上官はいなかった。

ややたって大橋二飛曹は「豊橋へ行くぞ」と横田少尉に話しかけられた。十二月の中旬から二十年一月上旬にかけて、B-29が名古屋の三菱重工に空襲をかけていた。強力な海軍防空部隊がない地域への応援派遣で、合わせて東京空襲へ向かう敵とも戦える。

横田少尉が指揮官の豊橋派遣隊は「月光」四機。一月二十五日〜三月一日の三六日間。整備員と要務士も送られ、指揮所も一棟あてがわれた。好待遇ではあっても肝心の会敵チャンスは訪れず、一ヵ月余の日々がすぎていった。

横田少尉の代わりに予備学生出身の福崎忠夫少尉を乗せたとき、一一甲型一八六号機の不調なエンジンを停止して、片舷（片発）飛行に変わった。「どうします?」「金谷へ降りようか」。静岡県金谷の近郊に海軍の不時着場があるが、標高が一五〇メートルほどあって気流が悪いから、片舷飛行が難しい「月光」では事故につながりかねない。

そこで陸軍の浜松飛行場に変更。重爆撃機用で広いから、既存機への迷惑は考えなくていい。補助翼と方向舵をうまく使って、大橋二飛曹は危なげなく降着した。戦隊本部であいさつしてお茶と食事の世話を受け、操縦将校から「(知らない飛行場に)上手に降りられたな」とほめられたときは、それなりに嬉しかった。福崎少尉のマフラーが白の絹布なのに、二飛曹はハデな紫色を巻いていたため機長と間違えられ、「向こうが機長です」と誤りを知らせている。

陸軍の始動車を使わなくても、「月光」は操縦席から発動が可能だ。メインスイッチを入れてから、二つの押しボタンを一つずつ押してオンにすれば両エンジンがかかる。機関係(整備員)による応急処置が終わって、兵曹は離陸への滑走に移った。

二月末までの豊橋派遣を終えた大橋―横田ペアら派遣隊は、三月一日に厚木基地に帰還した。不在のあいだの二月中旬～下旬にあった米艦上機群の関東来攻時には、おかげで出くわす可能性を避けられた。

続いて四月七日、硫黄島から初めてP-51D「マスタング」群が押し寄せたときには、非直(非番)で地上待機している。このあたり、大橋兵曹の強運を感じさせないでもない。運も実力のうちなのだ。

P-51は四月十二日にも関東を襲った。「月光」分隊を含む夜戦の第二飛行隊は、分散して空中避退に移り、横田ペアは敵影を見ずに帰ってきた。

しかし富士山北方の空域へ飛んだ「月光」二機が、第45戦闘飛行隊の四機につかまって激しく受弾、不時着した。偵察員の一人、無傷ですんだ東《ひがし》実上飛曹は前年の六月にトラック諸島でB-24二機の撃墜に加わった戦功者だった。

東上飛曹の機が落とされて三日後に、ペアを組んだのが大橋二飛曹である。

撃墜、被弾、撃墜

三月九～十日の未明以来、首都圏の戦場は夜間を主体にした。四月十三日も約三三〇機のB-29に東京・赤羽が焼夷弾で燃え上がった。

十五日の夜に「B-29北上中」の情報が入り、第二飛行隊は晴れた夜空へ向けて午後九時四十五分から全力出動。主力の「月光」には横浜南部の十一哨区と千葉県船橋上空が割り当てられた。

大橋二飛曹の一八六号機の機長は後席の東上飛曹だ。三浦半島の上空、高度三〇〇〇メートルを飛ぶ偵察席の風防ごしに、鎌倉方面の上空から近づくB-29の大集団を視認して「おい！　左前方」と前席へ伝える。

「あずま兵曹、来ましたね」

彼は「東」の姓をこう覚えこんでいて、上飛曹も特に訂正しなかった。武運に恵まれなかった大橋兵曹にとって、初めてのまともな会敵だ。東京へ向けて旋回し、好位置に占位できたときは十六日に入って、下方は赤々と燃え広がっていた。

B−29の周囲に、二式複座戦闘機「屠龍」をはじめ陸軍機が飛びかう。眼前に迫った敵の巨体をきわどく避け、機をひねって潜りこんで同航戦に入った。夜戦が飛ぶときは撃たないのが本来の高射砲弾が、あちこちで炸裂する。

上：大橋二飛曹が操縦席についた。固定風防内に見えるのは斜め銃用の三式小型射撃照準器。下：東実上飛曹と「月光」186号機。黄色の八重桜が4月16日未明の撃墜を示す。

地上の炎で敵の機体下面が赤く染まり、探照灯（サーチライト）の光芒《こうぼう》に入らなくても所在を知れる。後下方一〇〇メートル以内についた「月光」は、市街が燃える上昇気流で上下に揺れて制御できないほどだ。撃ち出された二〇ミリ弾に曳跟弾《えいこんだん》はなくても、翼根部に当たるのが分かるが、二撃、三撃をかけても火を噴かない。

発火はまだか、とペアがじれたとき、ついに火炎があふれ出た。「やった！」「やったぞっ」と叫び合う。降下する超重爆に追随し、地表で爆発するのを見とどけた大橋二飛曹は、身震いが止まらない興奮と歓喜にひたった。

関西防空のため五月十二日から一〇日間、「月光」と第三飛行隊の「彗星」夜戦は兵庫県伊丹の陸軍飛行場を基地にした。一日付で進級した横田中尉は残留戦力の指揮のため厚木に残り、同日進級の大橋一等飛行兵曹がペアを組んだのは、育ちがいい川嶋達次郎少尉で空戦経験はほとんどなかった。

大阪市街地への焼夷弾空襲をめざすB-29群が探知された十四日の早朝、いきなりの空襲警報ではね起きた大橋兵曹と川嶋少尉は、一八六号機を駆って琵琶湖上空で対戦。後下方から射程内に食いこむ「月光」に、敵編隊から防御火網の弾流が集中する。

曳光弾が集団で向かってくる。まだ射距離には遠い。斜め銃の二〇ミリ弾を放つ前に、ガンガン、ガンと被弾音がひびいた。昼間に複数のB-29に対して機体をさらす、「月光」の後下方の接近は圧倒的に不利だ。さらに命中弾が続いて、「いつやられるか」が脳裡《のうり》をよぎり、すかさず離脱機動をとって降下した。

ペアに被害がなかったのは幸運だった。伊丹に着陸した「月光」は三六発の弾痕があって、整備の兵曹から「これでよく帰れたなあ」と感心される破損ぶり。うち一発がエンジン支持架にヒビを入れていて、折れたら墜落だった。

同居する三三二空・丙戦隊の整備工作力でもすみやかな修復はかなわず、厚木へもどるさいに一八六号機は放置されたまま。大橋一飛曹は汽車で帰隊し、直った機をあらためて引き取りに出向いた。

東京への焼夷弾空襲のピークは、五月二十四日未明と二十五～二十六日夜間の二回だ。それぞれ五二〇機および四六四機のB－29が、各三〇〇〇トンを大幅に超える焼夷弾をまき散らした。大橋一飛曹と横田中尉のペアが参戦したのは、後者の空襲時だ。

哨区は川崎上空だったようだ。三〇〇〇メートル以下の低空を、超重爆がどんどんやってくる。夜空を埋める大規模集団に、衝突しないのが不思議なくらいだ。目標に不足などないが、多すぎるのが大橋兵曹に気の迷いを起こさせる。それを断ち切るように、「あれをやるぞ！」と横田中尉の冷静な声が伝声管を流れてきた。

敵速は「月光」が追いやすい時速四〇〇キロ以下。後下方から接近しても、琵琶湖のときとは違って敵弾が飛んでこなかった。狙うのはやはり翼根だ。二〇ミリ斜め銃三梃斉射の二撃目で流れ出た火は見るまに膨らんで、まもなく主翼が折れたように見てとれた。二機目の確実撃墜である。

ふたたびの洋上索敵

大橋兵曹の戦果は二機の撃墜のほかに、撃破が三機あった。

そのうちの一機は昼間、三浦半島の上空で横田分隊士と飛んだときだ。二十年初めのころまでの高高度ではない。編隊から遅れた機に火煙を吐かせていったん側方へ離れ、二撃目を前にようすをうかがっていると、敵は反転して「月光」の方に向かってきた。おそらく洋上への離脱をはかったのだろう。

そのときだ。陸軍の単発機が上空から降ってきて、体当たりを加えた。壮絶な情景を見た兵曹は思わず左手を向けて拝んだ。そして撃墜の栄誉を激突戦死の陸軍操縦者にゆずり、機長に撃破の報告を願い出たのだ。

昭和20年5月初め、機長・横田政吉中尉(左)と大橋一飛曹のペアはともに進級後まもない。一一甲型186号機の胴体には一重桜の撃破マークが1つ増えている。

その後（七月下旬か）、海軍大佐の高松宮が厚木基地を訪れたおり、横田中尉と大橋一飛曹だけが第二指揮所へ呼ばれて、宮から表彰の辞を受けた。記念品なしの口頭のみだったが、破格の待遇には違いなく、一飛曹はずいぶんな緊張を体験した。

第38任務部隊の空母群を発した艦上機群が、早朝から午後四時まで関東各地を荒しまわった八月十三日。東方海面の機動部隊に夜襲をかけるため、「月光」「銀河」「彗星」の夜戦に爆弾が積まれた。「月光」は胴体下にいつもは外してある九七式中型爆弾懸吊鈎《けんちょうこう》を付け、そこへ対艦用の二十五番通常爆弾二発を搭載する。

午後五時に集合がかけられ、司令・小園大佐が訓辞を述べて「成功を祈る」としめくくった。空母攻撃は必死攻撃にほかならない。「まず帰れまい」「これで〔戦死して〕楽になれる」の念を抱いた大橋一飛曹は横田中尉とともに、手あき総員の〝帽振れ〟に送られて薄暮の空へ離陸していった。

進撃の起点は犬吠埼《いぬぼうざき》突端の上空。洋上に出ると雲が増えてきたため、高度を一五〇〇〜二〇〇〇メートルに上げる。ベテランの航法に頼れるのはありがたかった。やがて先行の「銀河」からと思える「敵発見」の電波を傍受。吊光弾を投下した中尉が機位を確認し、伝えられた方位へ向かったけれども何も見えない。四〇〇キロ以上飛んでいて、帰還の燃料はギリギリだ。

正対する風を避けるため、三〇〇メートルの低空を西へ飛ぶ。やがて灯火を視認した。

「どこでしょうか」「館山らしいぞ」

初めての飛行場だが無事に降着し、やれやれと滑走中に片ブレーキを踏んだため、「月光」はぐるりと回された。主脚は折れていない。

地表に降りてすぐ、「ここまで持ってきて脚を折ったら、なんにもならんぞ」と機長が気合を入れる。ビンタを一発もらって、大橋兵曹の気分が引きしまった。

翌十五日の正午、厚木基地にも敗戦の詔勅が流れた。それから六日後、第一飛行隊の零戦、第三飛行隊の「彗星」による児玉と狭山両飛行場への脱出が決行される。このとき「月光」は一機も加わらなかった。

敗戦を納得せず、叛乱に参加したかったのは大橋一飛曹も同じだった。それを横田中尉の「それまでして出たければ、俺を斬れ！」の言葉が引き止めた。とりわけ中尉を絶対的に信頼する一飛曹にとって、逆らうすべはない。

「帰る準備をしろ」と中尉に諭《さと》され、四〜五名で飛行場に出て「月光」と別れる記念に搭乗する。操縦桿を動かしたが、手ごたえがない。飛行を不能にするため、操縦索を切ってあった。彼らの落胆に輪をかけるように。

昭和五十四年（一九七九年）のなかば、五十五歳での定年を前に、国鉄の機関士だった大橋さんに宛てた恩給通知が配達された。

敗戦後このかた彼の心中には、消えがたい想念が残り続けた。「死んだ者に申しわけがない」「生かさせてもらってありがたい」「特攻隊にあい済まん」――うしろめたさ、と大橋さんは思っていた。

恩給はもらえない。上京し厚生省を訪れて担当者に面会、返上を願い出て受理された。恩給辞退の意志を口にした人には何人かに会ったけれども、そのうちで実際に断った例は筆者の知るかぎり、大橋さんだけである。

偵察機で飛び抜けた！

——二式艦偵から「彩雲」に乗り継いだ敏腕

複葉艦爆で知る実戦飛行

日米戦はまだはるか先の昭和十年（一九三五年）ごろ、海軍の水兵や機関兵から、航空兵（整備員を主体とする航空隊の下士官兵。雑用担当の一般隊員が多い）の花形である搭乗員にコースを変えるのは、まさしく至難の業《わざ》だった。また、予科練習生（のちの乙飛予科練）は別にして、すぐに航空兵へ進むコースすらなかった。

いきなり航空兵科へ進める航空志願兵制度ができ、採用者が海軍に入ってきたのは十年の六月だ。市野明四等航空兵がそのなかにいた。

まず横須賀海兵団で半年間の基礎教育を受ける。続いて横須賀航空隊・飛行艇隊の整備班に配属され、まもなくの十一年一月に操縦練習生（偵察練習生も）の募集に応じて、第三十四期生に選ばれたのは一九〇名あまり。それが、三式初歩練習機に乗り始めるときまでに九

昭和14年(1939年)夏、佐伯航空隊で九六式艦上爆撃機に搭乗した教員・市野明三空曹。斜線3本は降下角の目安。

五名に半減し、訓練開始後たちまち四〇名ほどに減らされる。

合格者のほぼ全員を搭乗員に育てようとする予科練生と違って、短期間のうちにこんなに落伍が多いのは当初からの予定どおりで、彼らを他科の地上員に転科させる手はずも整っていた。

つぎは九三式中間練習機。訓練が進む途中で少しずつ人数が減らされて、中練教程修了の十一年十二月に操練三十四期を二七名が卒業。なんと当初選出の一四パーセントでしかない。うち市野二空兵を含む八名が、艦上爆撃機専修を命じられた。

長崎県の大村空で、現用機材の九四艦爆、ついで新鋭の九六艦爆での実用機教程にはげむ。使用機が完全な第一線機なのは、艦爆の歴史が浅くて、一線をはずれた古い型の機材がないからだ。十二年末にちょうど一年間の教育を終えた。

初めての実施部隊は、就役後まもない空母「蒼龍」。始まっていた日華事変に十三年の四月から出動し、九六艦爆隊は徐州作戦に呼応しての南昌爆撃、揚子江の砲艦への降下爆撃など華中での作戦に続き、華南の広東攻略、内陸部の桂林空襲などのいずれにも市野一空兵は参加した。

ふたたびちょうど一年後の十三年末に大分県の佐伯空に転勤し、実施部隊へ出る前の実戦用の操縦教育を受け持った。市野三空曹の技倆《ぎりょう》も向上して、六〇度の急降下で標的艦「摂《せっ》津《つ》」の煙突の中に、小型の演習爆弾を落としこむ腕の冴《さ》えを見せている。

さらにまた一年かっきりで、霞ヶ浦空の教員に。以後の開戦をはさんだ三年間は、九三中練の後席に座って指導する。実用機から離れた、ゆるく長い、かつ多忙な時間が流れた。けれども、攻撃兵器・艦爆の操縦員である彼の役がらが、このあと違ってしまう。

艦偵乗りに立場が変わる

横須賀空は当時、艦戦、艦攻、陸攻、水上機など機種ごとに実用実験を進める隊に分かれていたが、艦上偵察機をあつかう偵察隊はなかった。艦偵はもちろん古くからの機種だが、多数機はいらなかったので、開戦後は専用機材が開発されず、九九艦爆、九七式艦上攻撃機で代用していた。

また用法、飛行法も比較的単純だから、横空では実用実験用の独自の隊を作らず、偵察機操縦員を育成しなかった。そこで、艦攻、艦爆の操縦員だった者が、実施部隊で偵察機用の飛行を習い覚えるのがパターンとされていた。

市野上飛曹の操縦で二式艦上偵察機一一型が東京湾を眼下に飛行中。機首機銃用(爆撃をしないため)の照準眼鏡が旧来の九八式から、満星照準が可能な二式一号一型に替えてある。

だが、鈍足の九七艦攻、九九艦爆では、敵戦闘機に食われるだけ。そこで十三試艦爆すなわち「彗星」の良好な飛行性能に目が着けられ、同一形状の二式艦偵の試作にかかる。実用機ができかかった十七年末、その受領要員として市野上飛曹(一空曹あらため一飛曹を、十一月にさらに呼称変更)が横空に転勤してきた。

偵察隊はまだないので、艦爆隊に居候《いそうろう》した。そのうちに、同一ランクの偵察員・西本幸一一飛曹ともう二名が着任して、二個ペアができた。この四人で愛知航空機から二式艦偵一一型五機を横空に空輸して、初期にかならず出る不具合を減らしていく。横空では制式の名では呼ばず、艦爆型に与えられた名称の「彗星」を用いた。

三ヵ月ほど二式艦偵を飛ばすあいだ、人数は増えず、偵察隊の隊長も現われなかった。そのはずで、横空に偵察隊が一二機の装備定数で新編されるのは十八年七月からだ。

偵察飛行は等速・等高度が基本だ。飛行そのものには、取りたてて高度な技術を必要としない。そこで、もとが艦爆乗りの市野上飛曹は、もとが艦爆の二式艦偵によるパワーダイブを試みた。急降下速度を計ったら、動力降下時の終速が、九六艦爆の二倍をこえる三五〇ノット（六四八キロ／時）ちかくに達した。これが実は、偵察機に予想外に有用な性能、とやがて判明する。

翼面荷重が大きめなので、着陸前の出力低下時に沈みが大きい。主車輪間隔が広いのは離着陸時の安定性を高める半面で、ブレーキが片利き状態になりやすいが、慣れれば対応できた。

市野上飛曹たちが第一五一航空隊編成要員の転勤辞令を受けるのは十八年の四月に入ったころ。一五一空は主力を偵察機が占める初めての部隊で、定数は艦偵一六機と輸送機二機。搭乗員二個ペアが整備員四名（うち一五一空要員は二名）と便乗した九六輸送機は、テニアン島、トラック島経由でラバウル東（ラクナイ）飛行場に降着した。

一五一空のラバウルでの開隊は四月十五日。少し間《ま》があったので陣容が整うまで、同じ第二十一航空戦隊の指揮下にある零戦部隊の二五三空付ですごした。

開隊当日付で司令と飛行長などのほか、飛行科分隊長に、三座水偵の操縦員から転科した立川惣之《そうの》助《すけ》大尉と偵察員の時枝重良大尉が補任された。同じくベテラン偵察員で、市野兵曹と同年兵の梶原輝正上飛曹が、官用飛行機便で十九日に着任。

もともと信号術を専修し、空母「加賀」に乗り組んで華南方面を航海中、航空兵への転科希望者の募集を聞いた梶原一等水兵は、訓練がきびしい「加賀」から離れられると思って応募した。第四十期偵察練習生としての訓練は、横空で十三年五月から半年間。操練と同様、途中でどんどん落伍者が出た。十一月の偵練卒業と同時に、階級が一空兵に変わる。

大村空、大分空で錬成中に三空曹に任官。その後、「飛龍」の九六艦攻で日華事変に参加し、とちゅうで九七式一号艦攻に機種改変されたときには、スタイルの激変と全金属化、速度の向上で「えらいものが来たなあ」と驚いた。

開戦後は、おもに鈴鹿航空隊で偵察術の教員を一年半務めて、一五一空の開隊メンバーの辞令を受けたのだ。

乗機は三種類もあった

一五一空の装備機材の本命は二式艦偵のはずだが、まず使われたのは開隊時に用意されていた百式二型司令部偵察機だ。

手ごろな陸偵を持たない海軍は、陸軍の九七司偵を改修し生産した九八式陸上偵察機を、日華事変から太平洋戦争初期に用い、ついで百偵二型を陸軍から導入。計器、電信機、カメラなど装備品の一部を変えただけで、二式艦偵が実用可能になるまでの、まにあわせの配備を決めた。

開隊翌日の十八年四月十六日、分隊長・時枝大尉が後席に座った百偵が南南西へ飛び、ニ

陸軍から供与された百式二型司令部偵察機に海軍の操縦員が乗りこんだ。場所がラバウルであれば一五一空の装備機に違いない。塗装は海軍式だ。

ューギニア東端北方にあるグッドイナフ島で設営中の米軍飛行場を、早朝に偵察した。これが一五一空初の作戦飛行だった。

五月中旬までの使用機は百偵だけだ。ガダルカナル島（以下ガ島と表記）を放棄後の戦場・中部ソロモンを主体に偵察して、損害を受けなかった。

新たな機材が五月二十一日に、ソロモン海の南方域をめざして初出動にかかる。十三試双発陸上戦闘機を改造し、二式艦偵と同じ十七年七月に制式兵器に採用された二式陸上偵察機で、夜間戦闘機「月光」の兄弟機と言える。この日は発進後に動力に不調が表われ、途中で引き返した。

百偵と二式陸偵を併用しての偵察行動が、六月初めまで続いた。操縦員たちがどこの部隊からの転勤なのかは判然としない。この間、市野、梶原両兵曹は百偵と二式陸偵に搭乗して、慣熟飛行を進めた。

東飛行場で二式艦偵の前に集まった一五一空の搭乗員。主翼下には容量330リットルの増槽が見える。後列右から西本幸一上飛曹、市野上飛曹。

トラックまで輸送船で運ばれ、組み立てて空輸されてきた二式艦偵が、初めて作戦飛行に使われたのは六月七日だ。搭乗したのは横空の実用実験担当者で、前席が市野上飛曹、後席が西本上飛曹の同年兵ペア。ソロモン海南部のムルア島とグッドイナフ島の敵情を見るのが任務で、後者に飛行場を認めた。五〇日前の偵察で工事中だったところだ。離陸から四時間一五分の飛行は無事に終わった。

以後、中部および南部ソロモンへの偵察行が続く。一五一空でも二式艦偵をおもに「彗星」と呼んでいた。偵察員はそのつど変わったが、操縦は市野上飛曹が担当した。六月が終わるころ、慣熟飛行を終えた操縦員が加わった。

梶原上飛曹は小谷安一二飛曹とのペアで、中部ソロモンのベララベラ島～コロンバンガラ島間の海域における、敵艦艇の動向に対する偵察のため、六月二十五日に百偵で初出動した。特にめだった目標は見当たらず、発進から四時間後にラバウルに帰投できた。

百式司偵よりちょっと上

十八年の夏に一五一空が保有していたのは、合わせて一〇機前後。市野さんと梶原さんの記憶は合致し、二式艦偵が五機ほど、百偵二～三機、二式陸偵二機という内訳だ。いちおう数的にも、二式艦偵が主力機材なわけだ。

ほとんど二式艦偵で作戦飛行をこなした市野兵曹も、同機が空輸されてくるまで、操縦訓練のため百偵と二式陸偵を使い、二式陸偵で東部ニューギニアの敵施設上空を航過した任務もあった。彼の評価では、三機種のうち「二式陸偵が最低」だった。

第一に低速。偵察機のよりどころたる最高速度が、性能表で五〇〇キロ／時ちょっとでは、戦地での実速はいいところ四八〇キロ／時。ロッキードP‐38にはたやすく追いつかれ、カーチスP‐40からも逃げられず、グラマンF４Fとは互角がやっとの苦しさ。実用上昇限度のカタログ値は九三二〇メートルでも、「八〇〇〇メートルそこそこでアップアップ」（市野さん）だから、敵戦闘機に見つかったら二式陸偵の帰還は困難だ。隊員はみな「こいつはダメだ」と使用をひかえてしまった。

それでは百偵はどうか。

「月光」に似ているが、その母体になったのが二式陸上偵察機だ。500キロ／時の最高速度では米戦闘機を振り切れないのが最大のウィークポイント。

「百偵にはかなり乗りました。速度計はノット表示に変えてあった」

七〇〇キロ／時まで出る、と言われていたのは無論オーバーだったが。ニューギニアのココダとポートモレスビー飛行場を偵察し、ココダのときは帰途を待ち受けたP－38（たぶんF型）に追われた。高度六〇〇〇メートル以下なら百偵はP－38より速い、との一五一空の判断はおおむね間違っていない。「振り切れる」自信のもと高度を下げて、スロットル全開で引き離し、無傷で帰ってきた。

「敵機がいるところへ強行偵察に行くなら『彗星』（二式艦偵）」が市野判定だ。艦爆仕様の頑強な機体は、急機動による離脱を可能にする。機首に七・七ミリ機銃二梃を持っているから、格闘戦に入って相手をねらい撃てる。

つぎは偵察員にとっての優劣を見る。

梶原兵曹の機材慣熟はまず二式陸偵で始まり、ついで百偵から二式艦偵へ進んで、作戦飛行もこの順に乗った。百偵は臨時の機材と聞かされていた。

「二式陸偵では高度が取れない。この機で、米軍が上陸中のラエ付近を偵察した」。十八年九月三日のホポイ（ラエの東方二〇キロ）への敵の侵攻である。高度五〇〇〇〜六〇〇〇メートルで上陸用舟艇が群れなす海浜を航過し、二式陸偵の胴体下に付けた六番（六〇キロ爆弾）二発を投下した。

帰還時、米単発戦に追われ、空戦機動の応酬《おうしゅう》ののち、降下して低空をラバウルへ向かって逃げる。基地が近くなると、敵機は去っていった。空域が違っていれば、まず陸偵は落とされていたに違いない。

梶原兵曹にとっても、百偵の方が二式陸偵よりも上だった。ニューギニア方面を偵察のさい、高度を充分にとり、おこたりなく周囲への警戒に目を配ったため、この機では肝を冷やす場面に出くわしていない。

二式艦偵は「百偵よりもよかった」と梶原さんは明言する。速度はやや劣るが、艦爆の強度があるから機動性が高い。液冷エンジンが腺病質なのはマイナスだったけれども。

ガ島行きは楽じゃない

中南部ソロモンのほか、西部ニューギニア北岸のフィンシュハーフェンやラエへの偵察、若年操縦員の教育をも受け持った市野上飛曹が、いちばん多く偵察目標にしたのが、周辺のツラギ、ルンガ岬を含むガダルカナル方面だった。

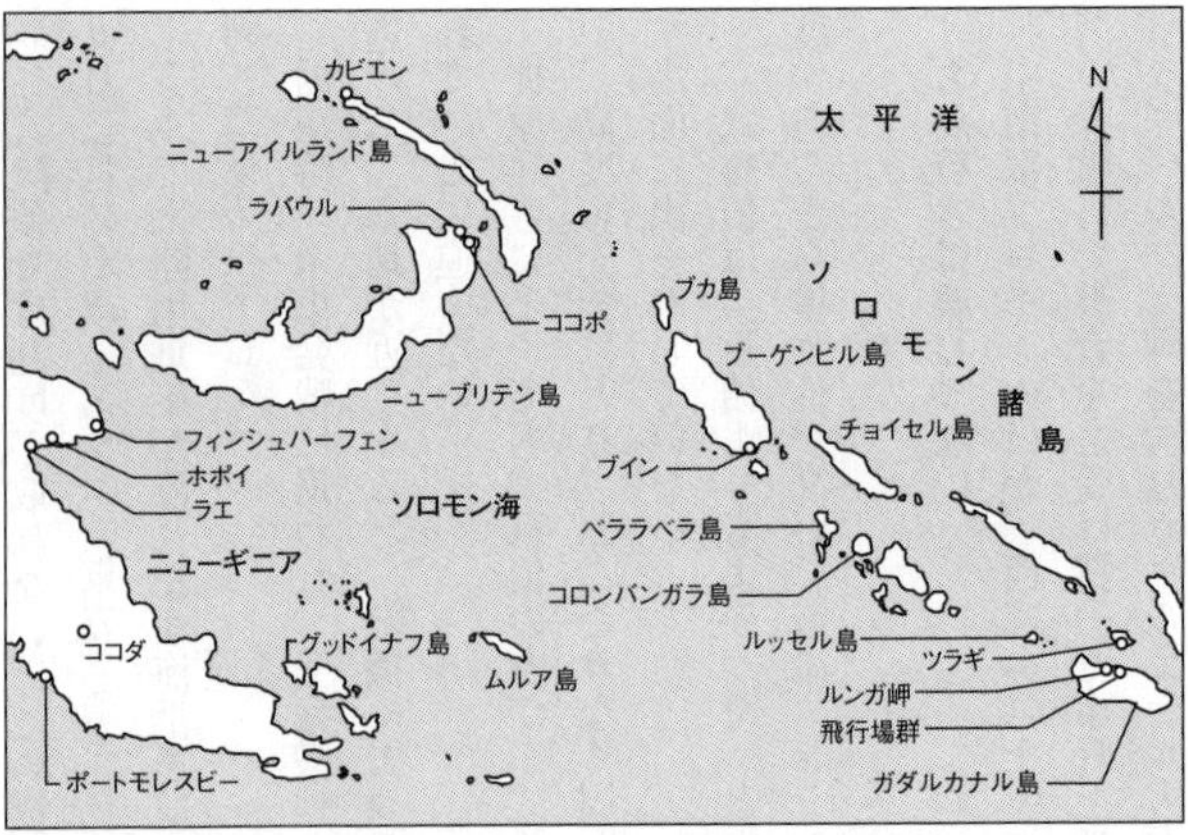

高度九〇〇〇メートル。撮影するガ島の飛行場群をいったん避け、南側へ出て高度を五〇〇〇〜六〇〇〇メートルまで下げながら、目標上空に突入する。撮影のための直線飛行だから、周囲に高角砲（高射砲）弾の炸裂煙が点々としても、方位と高度、速度を変更しない。

至近弾が来て、さらに命中弾に変わるまでの分秒は、見当がついた。精神の強靭《きょうじん》さでギリギリまで耐えて、切り抜けるだけだ。恐さを振り払うために、任務に没頭する。たいていは一航過だけ。禁物の二航過は、たまに周辺に敵影が見当たらなければこころみる。

よく出遭《であ》う敵機はＦ４ＦとＰ−38だ。Ｆ４Ｆは遅いから、遠距離で視認すれば恐くないが、高速のＰ−38はそうはいかない。シコルスキーと呼んだヴォートＦ４Ｕも速くて要注意だが、会敵頻度《ひんど》は低かった。

途中、B－24（写偵型はF－7）やB－25（同じくF－10）と出くわす事態がある。向こうも偵察任務だから交戦は始まらず、互いになにもせずにすれ違うだけだった。

九九艦爆、九七艦攻のあいつぐ損失から、ガ島爆撃の継続を、ブーゲンビル島ブインへ前進した零戦が担当した。いわゆる爆戦（爆装戦闘機）だが、乾季なのに前月から中南部ソロモンが雨続きで、ラバウルから出られなかった。敵情を見るため八月九日、市野上飛曹の二式艦偵は、時枝分隊長を乗せてブインへ向かった。

P－38Gの機首機関銃をおろして、フェアチャイルド製の航空カメラを積みこんだF－5Aが、ガダルカナル島の飛行場で整備を受ける。第38写真偵察飛行隊の所属機。

案の定、途中で降雨域に入り、切れ目を求めて三〇分飛んでも抜け出せない。そこで積乱雲を越えようと上昇し、高度九〇〇〇メートルに至ったとき、すさまじい乱気流につかまった。手ひどく揉《も》まれながらもスパイラル降下に入れ、高度を四〇〇メートルまで落としたのは、ベテランの操舵と「彗星」ゆずりの堅固な機体のおかげだった。

ブカ島とブーゲンビル島の間の海峡上空に出たら、あとはブインまで晴れわたっていた。降着してすぐ「ガ島へ行け！」と命じられ、燃料補給後ただちに発進。ブインからガ島までおおよそ二時間半。偵察して帰ると合わせて五・五〜六時間かかる。

二式艦偵の作戦時の航続時間は、増槽付きで八時間だから問題はない。三三〇リットル容量の増槽の燃料をまず用い、物資不足から使い切っても主翼下に付けたまま。「それでも最高速度は五ノット（一〇キロ／時弱）と違いません」と市野さんは語る。上飛曹と時枝大尉は以後しばらくブインに泊りこんで、連日のガ島への偵察行に従事した。

ガ島偵察を終え、となり（北西へ一〇〇キロ）のルッセル島がはるか後方に見える空域まで来て、P－38と出くわした。敵も同高度を同方向へ飛んでいる。上飛曹はいったん機首を右へ振ってから、九八式射爆照準器に捕らえて七・七ミリ機銃を発射した。敵機は射弾をはずし反転して逃げ、ややたって追尾の位置について、距離を詰めてくる。

こんな機動を三度くり返したら、そこはブインの上空だった。P－38を認めて対空射撃が始まったので、敵は一撃も発することなく逃げ去った。その行動から戦闘機ではなく、偵察機型のF－5に違いない。珍しい偵察機同士の空戦だったのだ。

昼間のガ島偵察はたいてい、敵影が薄いとして高高度飛行が用いられた。二式艦偵にしろ百偵にしろ中高度で飛んできて、到達の三〇分ほど前からどんどん上昇するのが平均的なパターンだった。ところが市野兵曹は、一時間前からじりじり高度を上げた。これだと燃料を節約でき、合わせて身体を気圧の変化に順応させせられる。

指揮所前にそろった一五一空の准士官以上の搭乗員。座るのは左から司令・中村子之助中佐、飛行長・堀知良少佐。司令の後ろ4名は左から飛行隊長(分隊長から昇進)・時枝重良大尉、西本、市野、梶原輝正飛曹長。

帰途の降下も、他者と違ってあわてない。帰れば捨ててしまう酸素だから、マスクは付けっぱなしで少しでも長く吸う。高空病の予防が目的で、何人かに生じた高高度での激しい頭痛を経験せずにすんだ。

中部ソロモンの戦況が九月には悪化し、その先にあるガ島周辺の昼間偵察が困難化した。と言うよりも、たいていの米戦闘機より確実に遅い（F4Fはもういなかった）二式艦偵で、この時期まで白昼行動を強行したのは、ほかに機材がないとはいえ、無謀に近い。

残された手段は、薄暮～夜間～黎明《れいめい》を使う偵察行動だ。九月下旬～十月初めの午後、ガ島の北岸の要地から離れた空域を通りこして、市野ペアは陽《ひ》がかげるのを待った。やがて薄暮、北岸近海につどう上陸用輸送船団が動き出して、コロンバンガラ島かチョイセル島か（ともに中部ソロモン）、どの方向へ、どんな規模で向かうのかを見定めるのだ。

高空からすばやく降下する。これができるのも艦爆ゆずりの機体ゆえだ。暗さが増してもう撮影は不可能だから、偵察員が船団の規模と指向方向を手早くスケッチしていく。

帰途につき、ルッセル島をすぎるあたりですっかり夜。恐いのは積乱雲で、晴天の夜だと突っこんで乱流にもまれるまで分からない。イナズマを見て雲の位置の見当をつけ、あとは漆黒《しっこく》の海面にほの見える島々の海岸線と、偵察員の推測航法の技倆《ぎりょう》にたのむのみ。

状況によって、ラバウルへ向かうかブインかを決める。基地ではかすかな爆音から二式艦偵の帰投を知り、艦偵からは偵察員が手持ちのオルジス発光信号を明滅させる。これを読んだ基地員が、滑走路の位置を示すカンテラ灯（空き缶にいれた油の灯火）をともすのだ。最後の夜間着陸も高難度だが、市野兵曹の腕前なら心配はいらなかった。

内地へ帰って「彩雲」に

ラバウルの地上の気温は、もちろん三〇度を超える。しっかり装備した状態で熱い飛行機に搭乗するから、ひどく汗をかく。離陸後、涼しくなるのは高度四〇〇〇メートルからだ。九〇〇〇メートルでは逆にマイナス二〇〜三〇度まで冷えこんだ。臀部《でんぶ》にたまった汗も痛烈に冷たい。熱と冷が出動のたびにくり返されて、身体を痛めつける。

捕捉、被墜の危険は、二式艦偵も百偵二型と変わらない。未帰還は止まらず、十九年が明けるころ、開隊後まもなくからの搭乗員で残っているのは、前年十一月に准士官に進級した市野、梶原両飛曹長ぐらいだった。「つぎは自分の番か」の気持ちをまぎらわそうと、飲酒をかさねた。

体温急変の反復と飲酒は、痔疾《じしつ》をまねく。耐えられず軍医に診《み》せると、「これでよく飛んでいたな」とあきれられ、まもなく市野飛曹長の内地送還と横空への転勤を〝処方〟された。一月中旬に九六輸送機でトラックへ。十八日、彼が便乗する軽空母「瑞鳳」は輸送空母「雲鷹」とともに出港し、「瑞鳳」が被雷したが二隻は横須賀に入港できた。

このとき横空には、以前にはなかった偵察機の実用実験隊ができていて、隊長の三沢裕少佐（偵察）はまもなく美坐《みざ》正巳少佐（同）に変わった。帰還当初は自宅で療養しつつ通院した市野飛曹長は、偵察隊に詰め、隊から病院へ通った。

横空偵察隊があつかう機材は旧来の二式艦偵と、まだ増加試作機段階の十七試艦偵「彩雲」。二式艦偵はエンジン出力を高めた一二型に変わっていたが、飛曹長には性能向上面よりも、故障、不具合の増加が強く感じられた。

重点が置かれたのは、もちろん「彩雲」の方だ。取扱説明書の要目を覚えてから、地上滑走をなんどか試したのちに離陸し、空中性能と特性をのみこんだ。彼にとって「離着陸は楽だし、速い。全体に取っつきやすい飛行機」だった。

高技倆者だから、飛行特性の多少のクセは、さほどの苦労なくこなせる。経験ずみの二式艦偵、百偵二型、二式陸偵と比べて、「彩雲」は文句なく最高だった。スマートな形状には、とりたてて気を惹《ひ》かれなかったが。

彩雲は自動操縦装置《オートパイロット》を使っての直線飛行ができる。装置の速度面での精度は良好でも、自身が納得のいく操作で飛びたい飛曹長にとって、必要ないシステムと言えた。偵察員と組む複座の二式艦偵から、電信員が加わる三座に変わって、任務時の対応能力は確実に高まったけれども、操縦員の負担は変わらない。

十九年六月十五日付で横空の実働戦力は、第二十七航空戦隊（四個航空隊）とともに八幡《はちまん》空襲部隊を編成した。この日に発動の「あ」号作戦に加わるため、速やかに硫黄島へ進出して、マリアナ諸島方面を行動する敵空母群、第58任務部隊の捕捉を命じられた。空前絶後の大規模空母決戦まで、あと四日だ。

このころの横空偵察機隊の搭乗員は、「彩雲」六個ペア分の一八名が在隊した。硫黄島へ十八日までに進出する予定で、まず美坐少佐指揮の「彩雲」二機と二式艦偵一機が用意されたが、天候不良にはばまれた。

市野飛曹長の乗機は、手なれたゆえに信頼性がある二式艦偵だ。十九日、横空基地を発《た》って洋上の雨中飛行を続けるうちに、ベテラン・木下中尉（偵察）機の滑油がもれて、航程なかばの鳥島に不時着。漁に来た漁船に乗せてもらい、横須賀港に帰ってきた。

市野機と美坐少佐機は、米艦上機群が空襲中の硫黄島に到着。離れた空域で敵機が去るのを待って、燃料残量が少ない二式艦偵が先に、摺鉢山《すりばちやま》に近い千鳥（第一）飛行場に降着した。

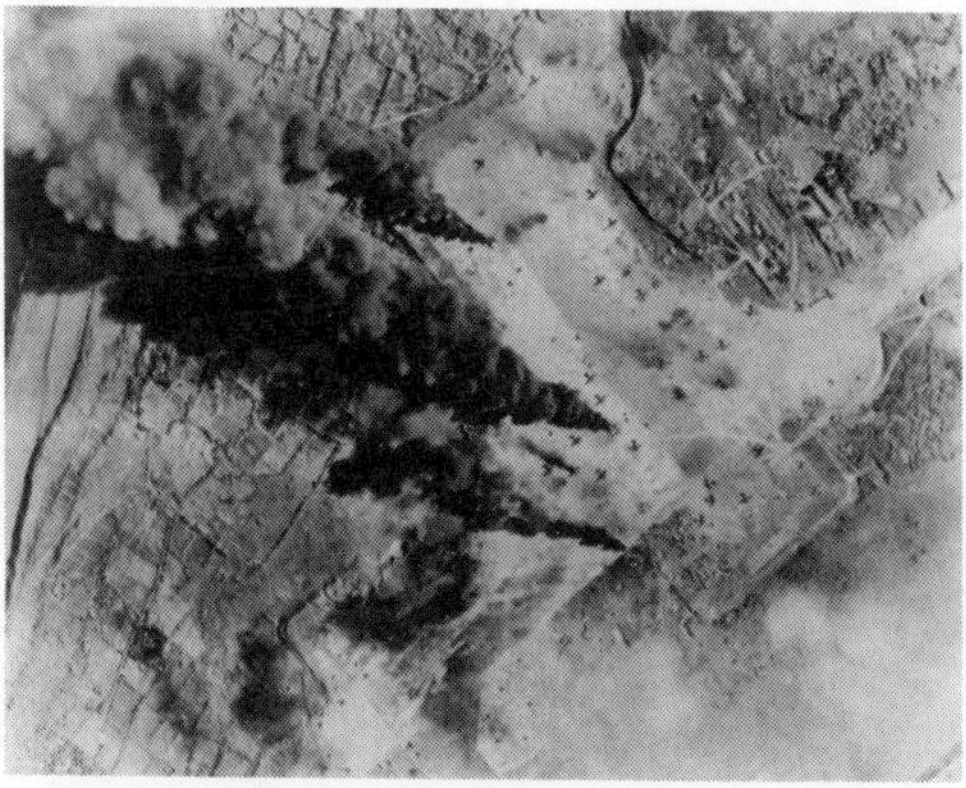
19年7月4日、第58任務部隊の搭載機の攻撃を受けて硫黄島・千鳥（第一）飛行場にならんだ在地機は燃え上がった。市野飛曹長たちの引き上げはこの数日後と思われる。

六月十九～二十日のマリアナ沖海戦は惨敗で、目的を失った八幡空襲部隊はとりあえず第一航空艦隊に編入。横空から追加の二式艦偵が五機来たが、うち続く艦上機の空襲に空中避退もままならず、やがて全機を喪失。玉砕を覚悟しつつ飛行場の穴埋めを終えると、七月上旬のうちに九六陸攻と零式輸送機が延べ二〇機ほど飛来して、搭乗員と負傷者を横空へ運んでくれた。

横空偵察機隊は千葉県の香取基地へ移動して、「彩雲」で東方海面の機動部隊偵察を実施。市野飛曹長は一～二度出ただけで横空にもどり、まもなく美坐隊長以下の全員が派遣隊として大分基地へ飛んだ。身分はまだ横空

19年の秋、横空から場外飛行で大村基地へ行ったとき。左から神園望中尉、西原飛曹長(操縦)、市野飛曹長、市川妙水大尉(操縦)。このあと大分基地へ派遣され、空襲を受ける。

付で、宮崎、鹿屋といった九州の基地へ出向いて、「彩雲」と「彗星」五〜六機を使って、装備部隊への運用指導を担当する。

大分滞在は長びいて、二十年を迎える。第38任務部隊の搭載機が九州を襲った三月十九日、基地の機材と施設は全滅。宿泊の寺々も燃やされ、人事分隊士を兼務の市野飛曹長は、隊員の履歴書が入った箱を抱えて脱出した。

最大の危機が待ち受ける

第七六二航空隊指揮下の偵察第十一飛行隊は、二十年一月二十四〜二十五日に香取から鹿屋基地へ移動。二月十日付で同基地に五航艦司令部が新編され、七六二空を所属させた。すなわち偵十一は、沖縄決戦に必ず出てくる米機動部隊の、捕捉をめざす尖兵《せんぺい》だった。

沖縄戦切迫《せっぱく》の三月、市野飛曹長は偵十一へ転勤した。部隊は一〇機前後の「彩雲」可動機を持ち、すでに索敵偵察を始めていたが、搭乗割に彼の名が書かれることはあまりなく、おもに若手操縦員への実戦指導を命じられた。これは、ベテランだが着任して間もない准士官を、隊になれさせる目的を兼ねていたように思われる。ラバウルでいっしょに飛んだ時枝大尉が飛行隊長だから人的環境はいい。

偵察第十一飛行隊の「彩雲」一一型。鹿屋へ移る前の19～20年の冬、千葉県香取基地での撮影。この時期に描かれたZ旗マークの一部が、胴体の日の丸の前に見える。

沖縄決戦を示す天一号作戦を、連合艦隊司令部が発動したのは三月二十六日。主敵・米機動部隊は九州に接近し、以後も台湾～九州の海域で圧倒的な制圧力を発揮する。

〝五航艦の目〟の役をおう偵十一は、まず昼間を軸に、早朝と薄暮も加えた洋上索敵に飛び立った。特攻主力の航空決戦・菊水作戦が始まった四月六日以降は、空母発見の重要度がますます高まっていく。

四月前半のある日、市野飛曹長の名が搭乗割に記入された。後端の電信席には上飛曹が座った。機長は偵察員の神園望大尉だ。海兵七十一期出身、四十期飛行学生を終えてまだ一〇ヵ月だから、予備学生出の少尉クラスよりは対応力があるとはいえ、全面的なリードをゆだねがたい。そのぶん操縦員に負担がかかるが、そうした不利を嘆かないのが飛曹長の意思だった。

命じられた偵察目標は、慶良間《けらま》列島および沖縄近海の大規模輸送船団。特攻機の標的である。合わせて、激戦地の沖縄南部・首里《しゅり》地区の状況を確認する。機動部隊をさがすコース固定の扇形索敵とは異なり、会敵しにくい空域を自分で選んで、単機で南下していった。使う燃料は七〇〇リットルも入った大型増槽の分からだ。途中から徐々に高度を下げ始める。

東シナ海側から慶良間列島上空を航過する。高度は一〇〇〇メートル以下。敵機の姿は、三人の視野に入ってこない。ゆるい蛇行の機動で東進し、首里一帯の激戦状況を、等速で航過しつつ撮影。東の洋上へ抜ける前に、前方海面に集結する船団を発見した。ふたたび等速・等高度飛行だ。神園大尉が位置を読んで、K－8固定航空写真機で連続自動撮影し、電信員が目標の概要を五航艦司令部へ打電通報する。

高度が優位の四機編隊を、だいぶ後方に見つけた声が、市野飛曹長の受聴器に入った。このあたりで落ち着いた編隊飛行を続けるのは、敵機以外にない。飛曹長はスロットルを全開し、出力を高めて増速した。武者震いのごとき細かな振動。速度をふりしぼる「彩雲」に、ゆるい降下で速度を上げたF6Fがじりじり接近してくる。

距離が充分に詰まらないうちに、敵の一二・七ミリ弾が放たれた。わずかに間を置いて、第二撃、そして第三撃。機首と各座席に命中し、主翼への被弾も手ごたえで分かる。エンジン主要部にダメージがないのは、まさしく僥倖《ぎょうこう》だった。下手に高度を上げれば、捕まる可能性が増える。ひたすら全速直進飛行を続けるうちに、傷ついた電信員が「敵機、遠ざかりまっ」と伝えてきた。

ついに帰路を飛びきって、鹿屋の滑走路に滑りこんだ。事前に被弾を知らせてあるから、救急車両と医務科員が駆けつける。電信員のほかに、機長も敵弾を受けて負傷していた。

手ひどい被弾ぶり。プロペラとエンジン周辺に一一発、計器板に四発、操縦席の左側が破壊され、翼内タンクも穴があいていた。受けた弾数は、少なくとも二八発を数えた。周囲に弾道がいくつも走ったのに、市野飛曹長は無傷で、飛行服のポケットが弾道にさわって破れただけだった。

増槽を付けた第47戦闘飛行隊（軽空母「バターン」搭載）のF6F－5が、4機編隊で洋上を索敵中。少なからぬ「彩雲」がこれらグラマンに襲われたはずだ。沖縄戦終了2日前の6月21日。

「彩雲」での飛行回数は多くない市野飛曹長にとって、この偵察行の難度をこえる出動はなかった。五月に入ってすぐ少尉に進級。偵十一は同月中に七六二空から、一七一空の指揮下に編入され、七月には大分基地を離れて、遠くなく目立ちにくい戸次《とつぎ》（「べっき」とも呼んだ）基地へ移動。南九州への敵上陸を待ちつつ、少尉も部隊も敗戦を迎えた。

九三中練の教員時代を含めて、海軍での飛行時数は四〇〇〇時間をこえる。戦後もふたたび翼を得るが、それはまた別の話だ。

4月の鹿屋基地で、擬装網をかぶせたトラックのバンパーに市野飛曹長が腰をおろす。少尉への進級が近いある日。

編隊を組まず、単機で敵地ふかくへ侵入する偵察機。太平洋戦線では、たいていは往復途中に大海を飛びきらねばならず、目標付近では戦闘機が遊弋《ゆうよく》していた。こうした長距離飛行をこなして生還するまでの危険度はごく高く、戦闘機、艦上爆撃機とは異なる、未帰還への障害が待ち受ける。

二式艦偵で飛んだ南東方面で、きびしい空を生き延びるため、市野さんが講じた精神面を含む対策は次のようだった。

「トラブルや会敵・被撃墜のおそれを減らし、避けるために、飛行コースや高度、離脱方法などを、一出撃あたり八種類ほども計画しました。どんな事態の出現にも対処できるように。『臆病《おくびょう》じゃないか』といわれたほどです」

「オレンジ色の曳跟弾《えいこんだん》が飛んできて、当たるのが恐かった。どうしたら勇敢に行けるのか。できるパターンをそれぞれ頭に入れて、目をつむっても地形が分かるほど、頭の中でトレーニングするんです。すると、しだいに自信がわいてくる。それから出動すれば、任務に夢中になれ、恐さを忘れてしまいます。ここまで最善の努力をして、ダメなら仕方がない、とあきらめがつくんでしょうね」

安心立命、すなわち観念して動じない境地こそ、偵察任務に対する市野流の不安解消法であった。

将校偵察員が体感した二年間

――「彗星」の後席で戦況を注視して

三年間学んだ海軍兵学校を卒業したのは、開戦まぎわの昭和十六年（一九四一年）十一月十五日だから、第七十期生徒出身者は少尉候補生をふりだしに大尉まで、将校（候補生の六・五ヵ月は将校予定者）の立場で太平洋戦争の全期間をすごした。

海軍の「将校」とは、士官のうちで軍令承行令のトップに立つ兵学校と機関学校出身者を主体とし、一部に予備および特務士官の現役編入者をふくんだ。広範囲に用いられる海軍「士官」および陸軍の「将校」とは重みが異なる。

将校搭乗員では少数派の偵察員で、マリアナ沖海戦に参加して生き抜いた艦爆乗り。分隊長、飛行隊長まで務めて、敗戦時も他動的にきわどく生命をひろった、本江《ほんえ》博さんの思考と行動は、ページを割くに値する含蓄《がんちく》、味わいを有しているはずだ。

「彗星」の後席に座るまで

父親が陸軍士官学校の第二十七期少尉候補生（大正四年／一九一五年五月卒業）で、二・二六事件のとき麻布の第三連隊・大隊長を務めており、部下が反乱軍に加わったため満州へ〝左遷〟させられた。次男と三男、つまり本江さんの弟たちも陸士を卒業した。

典型的な陸軍一家の長男である博さんは、ふつうよりも一年早い中学四年で陸士（五十五期）の合格通知を受け取ったけれども、地上戦に興味をもてず、同時に受けた海兵にも通ってこちらを選んだ。本江家にとっては〝異端児〟だった。

在校中に飛行機への関心が強まって、航空か艦艇かの希望を卒業まぎわに問われ、「航空熱望」と記入した。兵学校を出ると士官候補生だ。艦内実習を兼ねた戦艦「霧島」乗組を命じられ、十六年の十一月中旬に横須賀軍港へ向かう。

「霧島」は横須賀にはいなかった。「とりあえず乗艦せよ」と同型艦の「比叡」に乗せられ、やがて出港。東京湾口に待機する「霧島」を見つけて、短艇《カッター》で乗り移る。十七日に佐世保を出た「霧島」に、横須賀出港の「比叡」が出会うのが十八日。二十日後には真珠湾空襲である。

本江少尉の配置は副砲の発令所長。乗艦当日に艦内旅行に加わって、軍艦の内部を教えられる。波が荒く、船酔いで食欲は三日三晩ゼロだ。嘔吐《おうと》するうちに慣れてきて、食事を摂《と》れ始めた。彼はここで船酔いとの縁が切れ、それが飛行機搭乗にもつながるから、酔った苦痛がプラスに転じたと言えよう。

攻撃隊を放つ前日の昭和16年(1941年)12月7日、機動部隊は荒天下をハワイ海域へ近づいていく。空母「赤城」から写した左から「加賀」「比叡」「霧島」。大型艦の艦内ではゆったりした揺れが、かえって嘔吐をさそう。

「霧島」乗組は翌十七年の四月二十二日まで。一ヵ月後に待望の飛行学生を命じられ、六月一日から霞ヶ浦航空隊で第三十八期飛学の教育が始まる。

開戦の影響を受けて海兵七十期の飛学の人数は急増し、三十八期の一二九名のあと、八・五ヵ月遅れて三十九期の四八名（総員一六五名。主体は七十一期）が続いた。卒業の間隔は四・五ヵ月に縮まるけれども、これだけの時間差は技倆《ぎりよう》と経験値に大きく影響するから、本江少尉が早いグループに入れたのは喜ぶべきだった。

決戦場と見なされた南東方面の、中部ソロモンを失った十八年九月なかばに飛学を卒業。始まりがミッドウェー海戦の直前だったから、両時点での海軍の勢いには格段の差があった。それにしても緊迫きわまる時勢に、九三式中間練習機および旧式実用機の操縦と、飛行将校の基本能力を身に付けるために、一年三ヵ月余の期間をあてるのは長きにすぎる感が

宇佐航空隊の九九式艦上爆撃機一一型。右遠方に九七式艦上攻撃機一一型が見える。第38期飛行学生の偵察専修者は両機を終えて、新鋭の二式艦上偵察機／「彗星」一一型に乗った。

あるだろう。

この間に進級した本江中尉は、少数派の偵察専修に決まった。事前に操偵の志望はとられず、命令による選定である。三十八期飛学の場合、一番人気の戦闘機操縦を指定された者はみな体操が好成績なので、この点では彼には該当しないけれども、できるなら操縦にまわりたかった。作戦的視野の広さと権限・責任および信頼面から、将校偵察員の存在価値は充分に高かったのだが。

宇佐空で偵察教育を受け、九七式艦上攻撃機に搭乗。九九式艦上爆撃機も補助的に使って、後席での降下感覚を味わった。ついで鹿屋空（二代）に移って、十八年の秋いっぱいを新鋭の艦上爆撃機「彗星」で飛ぶ。偵察席は九九艦爆より狭いが、各種の機内作業に不便なほどではなかった。

鹿屋空での飛行が艦爆搭乗員としての真の訓練だ。降爆のさい、偵察員は前を向いて降下に入る。海軍の急降下は降下角四五度以上だが、ここでの経験はせいぜい三〇度どまり。それでも引き起こし時に、暗くなりかかる軽めのブラックアウトを何度か経験した。

　飛行作業は連日だ。降爆も機上の任務にも慣れてしまい、身体もこわさずにすんだ。電信は得意なので実用機での飛行中に問題は生じず、航法の諸作業にも困難を感じなかった。データ取得の集中力を酔いに妨《さまた》げられなかったのは、ハワイ攻撃の往路に嘔吐をのり超えた効果だろう。

　ほかにも、操縦員に針路や高度、投弾指示を与えるタイミングを習得。指揮官機だから列機をはじめ中隊各機への通達も、状況に応じて必要だ。これらをマスターして、将校偵察員の錬成を終えた。

空母決戦、出陣のとき

十二月一日付で本江中尉に、第三艦隊司令部付の辞令が出た。司令部は鹿屋基地に置かれていた。

　これまで空母ごとに付属していた飛行機隊を分離し、複数の隊を航空隊にまとめたのち改めて空母に配置しなおす、編制および編成の改変が、十九年二月十五日付で実施される。第三艦隊に所属する第一航空戦隊（「瑞鶴」「翔鶴」「大鳳」）飛行機隊は第六〇一《ろくまるいち》航空隊に再編されて、三空母にふり分けられるのだ。

　開隊準備のうちは三艦隊司令部付だった本江中尉は、開隊と同日に六〇一空付を命じられた。乗艦する空母は、まだ艤装が終わらない期待の大型艦「大鳳」。岩国基地で錬成していた搭乗員に、戦地からの転勤者、水上機からの転科者を加えた飛行機隊の訓練地は、燃料に困らないシンガポールと定められた。

六〇一空付が決まる以前の二月上旬のうちに、鹿屋〜台湾・高雄〜海南島・三亜〜サイゴンをへてシンガポール島に進出。艦爆隊は全機が「彗星」（定数八一機）で、島の中央北部にあるセンバワン飛行場を指定されていた。

七日に高雄を離陸したら雲が多く、艦爆隊長（まだ三艦隊司令部付）・比良《ひら》国清大尉以下は雲上に出る。不なれな計器飛行の継続は困難とみて、先頭の比良機は有視界飛行を求め、切れ間からふたたび雲の下へと降下を始めた。編隊長の本江中尉もこれに従うべく、操縦員・平迫《ひらさこ》飛曹長に指示を出す。

切れ間はせまく、雲下へ出られずに雲中飛行を続ける機が出てくる。本江中尉がペアに指示すると、ベテランの飛曹長はすぐ雲上へ再上昇した。二番機はついてきたが、三番機の姿がない。急いでまた雲下に出て、洋上に波紋が二つあるのを視認した。比良大尉機に三番機が接触、墜落したと思われる。このころの艦爆隊の技倆水準を端的に示す事故だった。

比良大尉の後任は一期後輩（六十六期）で分隊長だった平原政雄大尉。艦攻操縦員からの転科で、六〇一空付に変わった二月十五日に飛行隊長に補任された。

南東方面での空母飛行機隊の消耗によって、このときの搭乗員の平均キャリアが浅いのは当然だ。中核をなす士官は本江中尉ら海兵七十期出身者、下士官も甲飛予科練なら十八年の秋に飛行練習生を終えた九期出身者が主体で、海軍ではまだまだ〝若《じゃく》〟と呼ばれる経験の浅さだから、五〇〇時間とされた母艦搭乗員の最低レベルにすら達していなかった。

ワンピーと呼ばれた艦上爆撃機「彗星」二一型。着艦フック装備の空母搭載仕様で、外形はワンエーの一一型とほぼ同じだ。

とにかく空母での運用以前に、ここで発着艦が可能なまでに操縦技倆を高めねばならない。二〇〇時間前後の飛行経験では、陸上基地で「彗星」を使うのもおぼつかず、偵察員もさして変わらない。一年前の母艦搭乗員のレベルとは大差が開いた低技倆なのだ。

「彗星」は多くがワンエー（アツタ二一型エンジンのAE1Aから）と呼ばれた一一型。ワンピー（同三二型のAE1Pから）の二一型も少数機あって、こちらの方の故障がめだった。新しい二式一号射爆照準器一型は照準角が広く、飛行データ算入式で満星照準（見越し角の補正が不要）が可能だから、性能の評価は高かった。しかし機外装備の眼鏡式なので、降爆時の気圧差、温度差のためにレンズがくもる難点を生じた。

同期の操縦員・本多孝英中尉は「缶詰の空き缶をか

全部固定風防をつらぬいて出る二式一号射爆照準器一型。筒側の細い操作ロッドで先端のキャップを開ける。

ぶせたら、くもらないかも」と本江中尉に言う。照準器の先端キャップを外して、かわりに投棄可能な缶を付ければ、レンズが強烈な風圧を受けず、隙間ができるから曇りが止まりそうに思えたのだ。結果は芳しくなかったけれども。

二式一号照準器を使って一瓩《キロ》演習爆弾でねらうのは、洋上に置かれた浮標的。空き缶のほか、思いついたアイディアを工作科に造らせてすぐに試した。その一つを取り付けて三機編隊で試飛行のさい、主翼下面に三枚ずつ備わる抵抗板《エアブレーキ》を、出し忘れた三番機が先に降下に入ってしまい、引き起こすとき一番機にぶつかり搭乗の四名は殉職した。練度の至らなさを示す一例である。

他機種も同様だ。サイゴンからシンガポールへの航程で艦攻「天山」一二型三機が、計器飛行を避けて雲下を飛び行方不明。平迫―本江機が捜索に向かったが見つからなかった。

六〇一空艦爆隊の将校偵察員は本江、山下卯兵衛《うへえ》両中尉の同期二人だけ。「彗星」の何機かを索敵に使う案が出て、山下中尉が指揮官に決まった。ペアの操縦員は腕まえがもうひとつの上飛曹で、テスト飛行時に飛行甲板を外れ、海に落ちて助けられた。

リンガとタウイタウイの日々

内地から飛行機隊に遅れて二〜三月に「翔鶴」と「瑞鶴」が、シンガポール島の南東のリンガ泊地（リンガ諸島とスマトラ島間の海域）に到着し、完成した「大鳳」は四月六日に入泊した。停泊する空母と随伴艦を見て、本江中尉は勝てるか否かを深刻には考えず、「まだやれる」と戦意を維持していた。米レーダーの高性能、対物感知のVT信管を知らないがゆえの強気だった、と彼が理解するのは敗戦後なのだ。

本当に大変なのは着艦訓練が始まってからだった。たいていの操縦員は空母に降りた経験をもっていないから当然だが。

リンガ泊地に入った「大鳳」に乗艦した本江中尉は、大きさを味わうとともに、新しい艦に付きものの塗料のにおいを嗅《か》いだ。士官室士官（大尉または分隊長以上）の平原飛行隊長と二人部屋に入ったのは、まもなく大尉に進級するからだ。

偵察員なので着艦訓練からはずれた本江中尉は、飛行隊長とともに艦橋に上がって講評役を務めた。零戦の最初の着艦機が、最期の第四旋回でバンクを打ち、そのタイミングの悪さ

19年4月、リンガ泊地の上空を六〇一空の「彗星」一一型が訓練飛行中。印画の退色が進んでいるが、時期、場所ともにかけがえがない。

から失速、海面に突っこんで殉職した。続いて「彗星」が落ちた。さらに「天山」も。

飛行甲板のかなり手前で海没する機があるから、「大鳳」の後方にいて墜落機の搭乗員を助ける、「トンボ釣り」と呼ばれる駆逐艦をもっと後方へ下げて、より早く現場を目指せる対策がとられた。このころ上飛曹クラスの操縦員は飛行時数三〇〇〇時間を超えるあたりだった。

本江中尉ら七十期は五月一日付で大尉に進級した。二式照準器の曇り止めに空き缶の案を出した同期の本多大尉は、翌二日に殉職した。続いてもう一人の将校偵察員、山下大尉が事故死する。黎明の離陸訓練で上昇中に失速し、密林に落ちた。探し当てたとき前席はすでに死亡、海軍病院へ運ばれた中尉も重度の火傷で五月三日に絶命した。

訓練はリンガ泊地を出る五月十二日まで続き、十五日にタウイタウイ泊地（ボルネオ北西端の西方）へ移動する。ここでさらに訓練の予定が、潜水艦の攻撃を避けるため泊地を出られずじまい。「彗星」の発艦には空母航行による強い向かい風が必要なため、一ヵ月のあいだ飛行できなかった。飛行機は空母に積んだままだ。

飛べない毎日の暇つぶし、「大鳳」艦上から垂らした本江大尉の釣り糸に、鯛に似た赤い魚がよくかかった。名前は分からなくても、食事の皿に付け足せる味だった。

リンガ入泊からタウイタウイを出る六月十三日までの七〇日間に、主として訓練（対潜哨戒もある）で六〇一空が失った三三機は、搭載定数二二五機の一四パーセントにのぼる。搭乗員は実に五一名が失われた。多くは発着艦時の事故による。戦わずして中型空母一隻分の空中戦力が消え去ったのだ。

三個航空戦隊・空母九隻が主軸の第一機動艦隊は、十四日に中部フィリピンのギマラス島（ネグロス島とパナイ島間）に入泊し、翌十五日にマリアナ西方海域へ向かう。

実戦キャリアは多くがゼロ、充分な訓練を受けないうえに、長らく飛ばずにいた若い搭乗員たち。彼らに、敵の母艦機の行動半径外から攻撃を加える、アウトレンジ戦法をとらせようというのだ。この無茶を止めうる時期はとうにすぎていた。

十九日、早朝の索敵情報によって一航戦では、「大鳳」「翔鶴」「瑞鶴」から「天山」二七機、「彗星」五三機、零戦五二型四八機が、午前七時四十五分から一七分間に発艦した。

「大鳳」からの艦爆隊は平原飛行隊長の一中隊九機、本江大尉の二中隊八機、ベテラン・笹岡芳信中尉の三中隊九機、分隊長・嶋田雅美大尉の四中隊が一一機。中隊は分隊とは違って、

上：タウイタウイ泊地の空母「大鳳」は搭載機を積んだまま留まり、外海には出られなかった。飛行甲板の後端部に六〇一空の「天山」一二型が5機ほど駐機中。下：発艦した「天山」一二型が編隊を組んで目標へ向かう。胴体下の九一式魚雷改三改は「天山」用で、全長5.27メートル、重量865.5キロ。

空中での集団の単位だ。分隊ほどでなくても、まとまった人数をひきいる責任の大きさを、本江大尉は強く感じた。

四個中隊・合計三七機のうち、本江機および列機からマリアナ空海戦の様相を見てみよう。

地獄絵の洋上航空戦

もう二・五時間以上も飛んでいる。低レベルのペアたちにとって完全なオーバーワークだ。「彗星」の爆弾倉には九九式二十五番通《つう》一型、すなわち対艦用の二五〇キロ爆弾が積まれ、翼下には三〇〇リットル増槽（と呼んだ）が二本の過荷重状態。

本江大尉は「いつ増槽を落とすか」をちょっと考えた。そのとき後方、至近の距離に零戦が燃え落ちていった。続いてもう一機。艦爆隊の上空を守る戦闘機隊が、艦隊直衛のグラマンF6Fに襲われたのだ。すでに空戦が始まったのを気づかないでいた。

偵察員・本江博大尉

飛行高度は六五〇〇メートル。午前十時四十分、前衛に戦艦と思える四隻の輪形陣を認めた。先頭の平原大尉機がこれに向けて降下していく。

本江機も続いた。降下する「彗星」に迫る、すさまじい曳跟弾《えいこんだん》流が眼前で左右に分かれる。真っ赤に焼けたボタ山の中を車で突進する思いだ。初めての突入だが「恐い」とは感じない。左右を見まわして、吉野陽上飛曹―鈴木上飛曹の二番機がいるのが分かった。

「空母がいません！」。平迫飛曹長の声が伝声管から入る。「引き起こせっ」。まだ位置決めの緩降下中だから、機首上げは難しくない。座席をまわして後方を向いた本江大尉は、F6F編隊が層をなして迫るのを見た。敵が射撃してくる直前に「テーッ」と飛曹長に合図する。無条件に回避機動をとる、事前に約束の発声だ。航法なんかやっていられない。

F6F編隊の動きを読み、「テーッ」をくり返す。前席が機敏に操舵して、被弾の音が聞こえない。運よく前方に米軍のダグラスSBD艦爆編隊が現われた。味方撃ちをおそれたF6F群は、ほかの日本機を求めて去っていく。

墜落機の黒煙と火炎、波紋から、味方の半分は落ちた、と大尉は直感した。濃密な対空弾幕、ささくれ立った海面が、凄惨をきわめた地獄絵を思わせた。前へ向きなおって、遠方かすかに認めた輪形陣内の空母を指向すると、二番機もついてくる。至近弾の炸裂で「彗星」が揺れる。弾幕の集中をよけて、敵空母の後方にとりついた。

敵の飛行甲板からF6Fが発艦中だ。艦尾へななめに迫り、高度八〇〇メートルで投弾、計器高度ゼロの海面スレスレで避退。命中か否かは分からない。近くの巡洋艦がねらい撃ってくる。後方で二番機が燃え落ちるのが視界に入った。続いて撃ちかける駆逐艦を避け、引き起こしてくる艦爆を上空で待つF6Fから、すぐ右旋回して逃れる。すでに単機だ。被弾した九六式空二号無線電信機は使えない。

またもF6Fに追われ、攻撃から帰還中の敵編隊とすれ違って、ようやく危険空域を脱した。航法を放棄していたから空域が不明のままだ。やがてスコールに入る。燃料が切れる前に南へ向かって、カロリン諸島西端のヤップ島（日本軍確保）を見つけようと決意した。東のウルシー環礁をとらえても、ヤップへ飛べる。攻撃後に同島へ行く命令を、大尉は受けていなかったのだが。

マリアナ沖海戦時、空母「ヨークタウン」から発艦を始める第1戦闘飛行隊のF6F－3。性能と機数、パイロットの技倆で零戦五二型を圧倒した。

　スコールを浴びつつ飛ぶうちに、平迫飛曹長が「燃料、あと五分です」と報じた。発信不能でも電報を打ってから、拳銃を出した。燃料切れでエンジンがブルッときたら、自爆、自決の覚悟だ。回る走馬灯が眼前に浮かび、子供のころの情景が流れる。

　スコールの前方が明るい。その先に見えた島はヤップのようだ。ついにエンジンが停止し、大きく振動。「岩礁《リーフ》に不時着しろ！」。ラッキーにも水深は一〇センチほどで、ガリガリと岩を削って胴

上：画面左の空母「エンタープライズ」へ向かう艦爆が40ミリ機関砲の弾幕(右寄り)に包まれ、黒煙を引いて落ちる。空母「レキシントン」から撮影。
下：「エンタープライズ」への接敵時に、軽空母「サンジャシント」の対空火網に被弾して煙を引く「彗星」。母艦へは帰りがたい。

着できた。

遠くから原住民が漕いでくるカヌーの舳先《へさき》には、日の丸が掲げてあった。陸軍守備隊の施設に到着すると、本江大尉は巻き寿司弁当を出して、カヌーの人々にわたして喜ばれた。さらにボートで川を遡行して海軍基地に着いた。

そこにいたのは同期の偵察員、一航戦の「隼鷹」に搭載された「彗星」(九機。九九艦爆も九機)に搭乗の岩井滉三《こうぞう》大尉だ。敵に遭遇せず、母艦の命令を受けて、主脚が故障した機でヤップに降りていた。ほかにも何人かの先着搭乗員の姿があった。

基地指揮官の中佐が「基地の『彗星』が一機ある。それに乗って敵空母を攻撃に行ってくれ」と言い出した。行けるわけがない。しかも単機とは。敵艦を視認するだけでもとても無理な話です、と説明をくり返し、断念してもらった。

二〜三日後、六〇一空司令部への連絡ができて、大日本航空のダグラス輸送機でミンダナオ島ダバオへ向かう。

特攻を名目にした正攻法

ダバオでデング熱発症による入院ののち、六〇一空の司令部に出向くため台湾経由の輸送機で、バナナ一かごを土産に買って大分基地へ。ここから移動先の松山基地までは、同期の峰善輝大尉が零戦の胴体内に入れて運んでくれた。少ない輸送機便を待っているひまがないからだ。

松山で、待命を意味する横須賀鎮守府付の辞令を八月一日付で受けた。横須賀・稲岡町の鎮守府庁舎へ出向き、人事局で「待命」の不満を述べると、艦爆と艦攻の訓練部隊・百里原空の隊付《たいづき》兼教官のポジションをくれた。当座はここで待て、というわけだ。

機上作業練習機「白菊」と九七艦攻で四十二期飛学（海兵七十三期出身）に偵察術を教えていた十二月上旬、待っていた実施部隊への転勤辞令が出た。七〇一空（二代）指揮下の攻撃第一〇三飛行隊・分隊長である。本江大尉はこのとき、実施部隊のキャリアがまだ一〇ヵ月。一～二年前の相場なら先任／次席分隊士あたりなのに、空中指揮官の消耗がまねいた低年齢化の実状だった。

攻一〇三（K一〇三）について知らされたのは艦爆部隊という一点だけ。操縦員は当然だが、偵察員もとりわけ将校の場合、転勤して搭乗機種を変えるケースはほぼなかった。降下機動への慣《な》れが必要な艦爆はなおさらだ。

鹿児島県の第一国分基地が根拠飛行場。主装備機材の空冷「彗星」（この時点では三三型だけ）には、百里空で少し乗った経験があった。偵察席そのものは液冷「彗星」から大きな変化はない。ペアの操縦員にはベテランの浅生《あさお》飛曹長が選ばれた。

攻一〇三の訓練は、本江大尉が着任したころに始まった。装備定数は四八機で、二月なかばには四〇機を超えていた。ただし操縦員の八割は、まだ実戦に使えない技倆だった。

沖縄攻防・天号作戦の前哨戦として、三月十七日の夜から主敵・第58任務部隊を捕捉した第五航空艦隊司令部は、十八日未明以降まとまった機数の特攻機を送り出す。十八〜二十日の主力は七〇一空の「彗星」二個飛行隊だった。

七〇一空飛行長・江間《えま》保少佐は、歴戦の艦爆操縦員。出撃が近づいた攻一〇三と攻一〇五の搭乗員に指示を出す。

「七〇一空は爆弾《タマ》を〔敵艦に〕当てればいい。目いっぱい降下しろ。タマを当てるのが目的だ。これで帰れれば帰っていい」。

　下手をすればぶつかってしまうとはいえ、必死戦法ではなく正攻法だ。少佐の言葉に隊員たちは勇み立った。司令部の他スタッフに異議を出させないために、「そのかわり何度でも行ってもらう」と付け加えた。

　五航艦司令部からの特攻隊編成要求に対し、七〇一空は隊員を選出せず、出撃全機を特攻突入攻撃と文書に定め、戦死者は特攻戦死に該当させる方針を決めた。

20年1〜2月、第一国分基地の戦闘指揮所内で偵察第一〇三飛行隊の幹部を手前において、部下搭乗員を後方に配した報道写真。幹部は左から通信長・中村亨三大尉、分隊長・本江大尉、七〇一空飛行長・江間保少佐。

出撃開始は第一国分から攻一〇三が午前六時すぎ、第二国分から攻一〇五が七時前。両隊合わせて「彗星」二七機に、二〇三空・戦闘三一一飛行隊の零戦一三機が直掩についた。損失は「彗星」一九機、零戦五機、戦死は合わせて四一名だった。翌十九日は「彗星」二三機のうち一四機・二八名が突入戦死。二十日は「彗星」十七機が出て七機・一四名が失われた。三日間で攻一〇三は五一名、一〇五は二七名が還らず、「彗星」を合計四〇機喪失した（数字の不一致がある）。一〇三の飛行隊長・柏井宏大尉と分隊長・川口富司大尉、一〇五では分隊長・中村恒夫大尉が未帰還にふくまれ、まさしく隊を挙げての全力攻撃だった。一〇五の参加戦力が少ないのは、機材が空輸補給段階にあったからだ。

本江大尉も十九日の出撃が予定されたが、浅生飛曹長が愛知航空機へ「彗星」の領収に出て帰らず、ペアを組めない。風邪をひいた中尉に「俺が行く。残れ」と言ったが、中尉は帰還困難な任務を譲ろうとしなかった。

語りきれない宇垣特攻

この攻撃をはさんで両飛行隊は機動部隊を襲うため、国分から奄美大島東方の喜界島《きかいじま》へ進出する。イケイケ気質の司令・木田達彦大佐がついてきて、幹部たちを困らせた。三月二十九日の昼すぎ、戦力引き揚げで離陸したところを、第6、第23、第47戦闘飛行隊のF６Fにつかまって、攻一〇五飛行隊長・北詰実大尉機と分隊長機が撃墜された。

本江大尉ら攻一〇三は第一国分に残ったが、喜界島での消耗で搭乗員はすり減って、「彗星」可動機も六機しかない攻一〇五は、四月中旬に鳥取の米子基地へ下がり、部隊の再建にとりかかった。燃料の制限を命じられず、食料にも困らない環境で、機材の充足と訓練に努力する日々が始まった。

そうした日常が進み始めた四月二十五日付で、三月のあいだに幹部搭乗員三名を失った攻一〇五の、後任飛行隊長に四月二十五日付で本江大尉が補任された。弱冠二十二歳で部隊をひきいるため、米子から第二国分にやってきて態勢回復の指揮をとる。

彼の転出と入れ替わりに攻一〇三分隊長の職についたのが、同期で操縦員の中津留《なかつる》達夫大尉。まじめで静か、芯《しん》が強い性格だ。米子基地から七月初めに、五航艦司令部がある大分基地に移動していた。

八月に入って第一国分にあった攻一〇五の「彗星」は、少しずつ増やしてきて五〇機ちかくの装備定数に達した。本江大尉は「次の機動部隊攻撃では九州から下がって、名古屋か浜松周辺の基地を使うのだろう」と考えていた。西日本沖の機動部隊および南九州に上陸した米陸軍を、爆撃する行動半径から推算したのだ。

五航艦司令長官・宇垣纒《まとめ》中将が書いた戦争日記「戦藻録《せんそうろく》」の記述に、自決が感じられるのは八月十四日だ。この日、中津留大尉は翌日の特攻出撃を命じられていた。敗戦を示す詔勅が正午に放送された十五日、午後五時〜五時半に攻一〇三と一〇五の「彗星」四三型一一機が、八十番（八〇〇キロ）爆弾を抱いて大分基地を離陸した。中津留大尉機の後席には宇垣中将が座り、前のすき間に偵察員・遠藤秋章飛曹長が入っていた。

絶対に道づれにしてはならない二二人の搭乗員。異常事態下であっても、宇垣中将が独《ひと》りで自決する以外の選択肢は皆無、が当然至極だったのに。

第一国分の正午。放送は雑音がひどくて、本江大尉は内容を聴き取れずにいた。大分基地の中津留大尉の出撃も伝えられていなかった。

最後の一戦をいどむ機会を得られないまま、司令・榎尾《えのお》義男大佐（木田大佐の後任）から「飛行機で帰っていい」と言われて、下士官が操縦する「彗星」で、母の実家に最寄《もよ》りの岩国基地まで飛んだ。機から降りて、刀、拳銃をはじめ所持品のすべてを捨て去った。

海軍航空との訣別《けつべつ》だった。

本江さんは筆者の質問に的確な答えを与えてくれた。それらのうち、現在（取材時の二〇〇三年九月）の気持ちを打ち明けた談話を以下に記しておく。

「〔七〇一空〕飛行長の江間少佐に出会わなかったら、生きていなかったでしょう。〔K《ケイ》一〇三の〕分隊長だから、〔昭和二十年〕三月の搭乗割はぜんぶ私が書きました。だから自分の名は外せない。三回のうち一度だけ、少佐が『出るな』とクギを刺したんです。実戦経験がある指揮官をとっておく考えだったのかも」

上：8月15日の午後4時半ごろか、大分基地で五航艦長官・宇垣纒中将が「彗星」11機の搭乗員22名に訓示する。うち8機16名が長官の死に殉じて散華した。左はしで手を組むのは九州空司令官・山森亀之助少将。下：午後5時に滑走を始めた長官搭乗の「彗星」四三型。操縦は中津留達雄大尉、後席に宇垣中将が座り、機上からペアの遠藤秋章飛曹長が後席のすき間に入ろうとする。胴体下面からはみ出した灰色の通常爆弾は八十番(800キロ)。

「本来なら中津留〔大尉〕より〔飛行隊長の〕私が大分〔基地〕へ行くはずでした」

「宇垣特攻についての気持ちですか。当時のきわどい異常ななかでの心境を、現在の環境下で話せと言われても、無理です。こうだったら、と思いを馳《は》せるときはありますが、答えなんか出ませんよ」

玉砕島テニアンの飛行士

――要務のパイオニアが迎えた陥落後の情景

四十代から上の飛行機雑誌の読者なら、横森周信《ちかのぶ》さんの記事を読んだ経験があるはずだ。大戦中は航空技術者を望んでいて、戦後は本職の医師のかたわら、飛行機についての著述に入れこんだ。技術と機構、開発・運用史などの広範な知識、達者な記述の根源に納得がいく。すでに廃刊した航空月刊誌の編集委員も務めていた。

筋金入りの飛行機ファン・横森さんの親族に、二人のプロの航空関係者がいた。一人は義兄で、九七艦攻と「月光」の担任技師（主任設計者）の中村勝治さん。もう一人が実兄で、今回の主役の横森直行《なおゆき》さんである。

発熱で異なる道へ

名称に多少の変化はあるが、昭和九年（一九三四年）に始まった海軍予備員としての飛行科予備学生は、大学、専門学校在学中に海軍予備航空団（前身は学生海洋飛行団）で操縦を会得し、海軍に入って予備少尉の辞令を受けた。

開戦が近づいた十六年六月、軍航空に集約するため予備航空団は廃止。全員が操縦経験者の飛行科予備学生は第九期で終了し、十期は兵科予学からの転科者《コレス》をあてた（九期と同格。半分は予学初の偵察要員）から飛行経験はゼロだった。

十七年九月末に入隊した第十一期飛行科予備学生は、予備航空団、学生航空連盟などで操縦を習った者（四〇名弱）に大学の運動部に所属した者を合わせた、二十一〜二十六歳の一〇一名。土浦航空隊で座学と実科（手旗、短艇など）主体の基礎教程を三ヵ月学んだのち、十八年一月上旬から霞ヶ浦航空隊での中間練習機教程に移行する。

五〇〇〇名の大量採用がなされる十三期飛行専修予備学生にくらべ、直前の十一期（十二期は兵科二期からの転科で、十一期と同格）には〝少数でイレギュラーな立場〟が、いくぶんまだ残っていた。

初めてにぎる操縦桿は、霞ヶ浦航空隊の九三式中間練習機のものだ。同乗飛行は十八年一月の十日すぎに始まって、まもなく離着陸訓練にかかる。

この年の筑波颪《おろし》は冷えがきびしく、順調に空になじみ出した慶応大ボート部出身の横森予備学生は、半月ほどで発熱に襲われた。隊内の医務室で受診すると、軍医が即座の入室（隊内入院）を命じ、肺門リンパ腺炎、すなわち肺結の初期症状と診断ののち、海軍病院へ送ら

先輩教官(手前)の指示を受けて始まった第11期飛行科予備学生による九三式中間練習機の格納作業。横森直行予備学生もこのうちの一人だったが。

れた。

前後して長島勝彬《かつあき》学生、一ヵ月後にはもう二人が同じ病気で、飛行作業を離脱。彼らが回復するのを待てば、訓練が停滞する。少数者は切り離される運命だ。ほかにも適性不充分で兵科、兵器整備科へ移る者が出た。殉職事故もあって、中練教程から予定どおり実用機教程へ進めたのは八六名だった。

横森学生の入院は四ヵ月続いた。軍医からは「あわてなくていい。(戦場へ出たら)どうせ死ぬんだ」と慰められた(?)が、早く同期生を追って錬成にはげみたい。さいわい全治し、五月に退院して自宅で療養待機する。

ほぼ同時に退院した長島学生も自宅療養していると、角田覚治《かくだ》中将からの手紙が届いた。角田中将は彼の父親の従弟《いとこ》だった。

戦術的だったにしろ日本空母部隊にとって最

後の勝利と言える、前年十月の南太平洋海戦で、主役の第二航空戦隊を積極的に指揮した、豪胆な角田少将（十一月に中将）。十八年七月、決戦用基地航空戦力・第一航空艦隊の司令長官に補任され、多くの新編航空隊が麾下《きか》に組み入れられる。

長島学生に手紙を出したとき、中将は一航艦長官の内示を受けていたはずだ。便箋《びんせん》には「完治後は航空写真判読を専修するだろう」と書いてあった。「この分野は米英独から遅れている。大学教育で得た知識と判断力を役立ててほしい」

横森、長島学生は海軍省人事局へおもむいて全快を報告し、配置の斡旋《あっせん》を願い出た。中将の手紙どおり、軍務復帰後の待遇が用意されていて、ともに飛行科要務専修予備学生として、横須賀航空隊への六月下旬の配属（任官前のため）を伝えられた。

ついでだが、長島学生はのちに幾瀬と改姓。なぜか陸軍の三式戦闘機の小部隊がニューギニアで戦う、奇妙な空戦小説を書くにいたる。

写真を〝読む〟飛行士

横空での二人の配属先は、江崎隆之大尉以下の航空写真分隊。十二期飛行予学から転科の学生九名が先着していた。教官の分隊士、准士官と下士官の教員も、人数は多くないがベテランぞろいだ。

〝江崎大尉の写真室〟と呼ばれたこの分隊で主に扱われたのは、手持《ても》ち式航空写真機F－8で撮った斜め写真ではなく、固定航空写真機K－8による垂直写真だった。F－8は補助的で、機体に固定のK－8が画像の精度、情報量ともにずっと上だから、当然と言えた。撮影機の位置をわずかにずらした写真二枚ずつを、立体鏡と比高測定器でチェックし、未

上：兵器整備学生たちが立体鏡をのぞく。同一場所を少しずらして撮った2枚の垂直写真から地形の高低を割り出していく。下：教材に使われた、南東方面のニューアイルランド島カビエン東飛行場と周辺地域の垂直写真。開戦の半年前に海軍の水上偵察機が、英領の島を高度6300メートルから写した。

開地の海岸線や丘陵地帯、湾岸部などの高さ、地形を判定。これにより上陸地点、攻撃進路、滑走路、港と泊地を決めていく。飛行機の発進および帰投ルートも設定できる。

敵が占拠した地域についてはどうか。滑走路の長さと幅から、運用機種と規模を測定。港、泊地の形状と面積から、使用艦船の種類と隻数を割り出す。飛行場との位置関係を調査。飛行機、艦船の形状、種類の判別。航行速度、使用時間の推測と目的の把握。そのほかに多種のデータを、偵察写真から読み取るのだ。

着任から一ヵ月半の八月末日付で、ふたりは少尉に任官した。十三期から正式採用される飛行長補佐の飛行要務士官とはかなり異なって、のちに兵器整備士官が担当する写真判読術の技能者である。操縦専修組と同日付の任官辞令だから、入院期間を考えると厚遇とみなせよう。

実戦経験ずみのスペシャリストである特修科学生と特修科練習生を加えた艦型識別テストで、横森学生が最高点を取ったのを、長島少尉が証言している。軍務のキャリアがごく浅く作戦飛行を知らない、軍艦好きの駆け出し士官が取った、まさしく驚異的な成績だった。

操縦専修にくらべて訓練期間が短い要務士官は、十月に入って勤務部隊が決まった。ラバウルで作戦中の第一五一航空隊へ長島少尉、千葉県香取基地で開隊したての第一二一《いちにいいち》航空隊へ横森少尉が赴任《ふにん》する。装備機材はともに二式艦上偵察機一一型だが、偵察部隊としての将来的な重要度は、決戦戦力を背負う後者が上だろう。

航空戦隊と一部の航空隊に分隊規模で付属した陸上偵察機を、初めて主戦力にして編成されたのが一五一空だ。その半年後の十八年十月一日付に二番手の一二一空が開隊し、一航艦・六十一航戦に配属された。重要性を認知しての部隊化で、写真判読の要務士官の育成開始と軌を一にする。

香取基地に帰ってきた二式艦上偵察機一一型。垂直尾翼の「雉」は一二一空を示す。操縦員で機長の山下湧資少尉が記録板を持って事項をチェック中。

横森少尉への辞令は一二一空の開隊と同日付だから、編成要員の立場だが、隊がかたちを成すまでの一ヵ月間、そのまま横空に在隊した。千葉県北部に位置する急造の香取基地への赴任は十一月一日だ。

六十一航戦の配属航空隊には虎、隼、鵄《とび》、龍、鷹など、動物名が別称で付けられた。一二一空は偵察部隊に似合った雉《きじ》で、「雉部隊」と呼ばれ、規定上の装備定数は常用九機と補用（スペア）三機の小規模組織。だが想定決戦場が広大な太平洋なので、空域の広がりと重要度から、翌

昭和18年11月、愛知航空機から受領した二式艦偵2機を香取基地へ空輸中に、伊豆上空で偵察席から横森少尉が撮影した。富士山が遠景に見える。

十九年一月にそれぞれ一八機と六機、二月には三六機と一二機に改訂され、短期間のうちに四倍増に達する。あくまで書類上の処置で、実数はとても及ばなかったけれども。

着任時、一二一空には飛行要務士の呼称はまだなく、横森少尉は飛行士と呼ばれた。補佐すべき飛行長は小規模部隊ゆえ欠なので、飛行支援士官といったところだ。飛行隊長の千《ち》早猛彦《はやたけひこ》大尉は、日華事変以来のベテラン偵察員。香取基地には二式艦偵がまだ一〇機ほどで、こなせる操縦員も五〜六名にすぎず、〝酒よりも饅頭〟の若者ばかり。しばらくのあいだの飛行作業は、定着訓練を主体に進める状態だった。

本来の艦爆タイプの「彗星」一一型と

合わせた、愛知航空機での月産が一〇機を超えて数ヵ月。十八年夏の三〇機台が秋には五〇機前後、十九年に入って八〇～九〇機へと増加する。まだ新鋭機と呼べる段階だから、香取への空輸は毎月二～三機だ。

主脚事故で機体が壊れるため、破損を恐れてK－8写真機を爆弾倉に積まずに飛行訓練をするから、横森飛行士は自身の練磨も下士官兵への教育もできない。赤本（諸兵器の内容を記した㊙書籍）をながめて無聊《ぶりょう》をかこつありさま。

飛行長がはたす雑用を引き受け、愛知県挙母《ころも》飛行場からの機材受領にも出向く。飛行中の後席で「もし罹病《りびょう》がなかったら」と操縦士官だったはずの自身を思いやった。

テニアン第一飛行場

十八年の年末から十九年の正月にかけて、独り身の横森少尉は隊に居残りの当直将校を連続で引き受けた。

木更津基地の一航艦司令部にいた角田中将が、兄と従兄《いとこ》（長島少尉の父）とで香取に来て、旧知の横森少尉に「〔当直とは〕感心だな。これから成田へ行くぞ」と同行を望んだ。副直将校にあとを任せ、同じ写真判読の魚住博少尉といっしょに初詣のお供をした飛行士は、出陣が遠くないのを感じ取った。

訓練は概成せずとも、マリアナ諸島、トラック諸島を含む西太平洋の広大な戦域で、米機動部隊のつぎの出方が警戒された。二月なかば、一航艦の先遣偵察戦力として一二一空・雉部隊はマリアナ進出が決まって、十七日は出陣を祝って銚子の料理屋で准士官以上二八名の宴会が予定され、幹事の横森少尉は段取りのため、軍医官らと先んじて店に詰めていた。

準備は成ったのに、隊から誰も来ない。電話を入れると「緊急事態が起きた。お膳は芸者にご馳走しろ。お前たちもそこで食って、迎えを待て」の指示だ。燗冷《かんざ》ましの酒を飲み続けるうちに、降り出した雪のなかをサイドカーが迎えにきた。運転手から受け取った司令・岩尾正次中佐の手紙には「これに乗ってすぐ帰れ。明朝、出発だ」とあった。

二月十七日の緊急事態とは、敵第58任務部隊の搭載機によるトラック諸島の急襲だった。太平洋における海軍最大の前進基地は、三〇〇機の所在機とともに崩壊し、翌十八日も再攻撃にさらされた。〝日本の真珠湾〟トラック被爆の衝撃はきわめて大きかった。

十九日の午前四時三十分に、整備の下士官兵三〇名を連れて横須賀軍港へ。すでに機関を発動中の軽巡洋艦「大淀」に駆けこむと、すぐに出港し単艦でサイパン島へ向かう。「大淀」の大型格納庫には水上偵察機ではなく、マリアナで機動部隊攻撃に使う三〇〇本以上の魚雷が積んであった。その荷下ろしの指揮を横森少尉が命じられていた。

トラック攻撃の米機動部隊は、ついで二十三日の早朝から一部戦力でマリアナの諸基地を空襲。この日、「大淀」がサイパンに到着した昼すぎは空襲がとだえたところで、寸秒を惜しみ全力で魚雷を陸揚げし隠蔽《いんぺい》する。整備予備士官の上滝《うえたき》重夫中尉が同行していたが、兵科に近い横森少尉が指揮をとった。

すぐに魚雷を使うのは南西に隣接するテニアン島の、七六一空・龍部隊が装備する一式陸攻だ。サイパンとテニアン間の潮流が急な五キロを、敵襲を恐れる民間機帆船の船長に頼みこんで、必死の作業により相当数の魚雷を積載、運搬し、翌二十三日の払暁攻撃と夜間攻撃に間に合わせた。

テニアン第一飛行場の安直簡素な一二一空指揮所。手前横顔が飛行士・横森直行少尉、左奥で下を向く第一分隊長・長嶺公元大尉(6月13日に戦死)。左の板に搭乗割を書きこんだ。

港からトラックに積みなおし、炎と死体を越えて島の北部のテニアン第一飛行場に着くと、当直将校が「よく持ってきたなあ」と感嘆した。偵察機隊飛行士の横森少尉にとっては、無関係の任務の遂行が初陣《ういじん》であった。

彼らが「大淀」に乗艦中に、長嶺《ながみね》公元大尉の第一分隊八機がテニアンに先着していた。二月二十二日に五機が出動して二機が機動部隊を見つけ、全機が帰投（帰港投錨。帰還の意味の海軍用語）。その後の空襲などで八機とも失われ、戦力はゼロに。数日中に後続の二式艦偵が香取

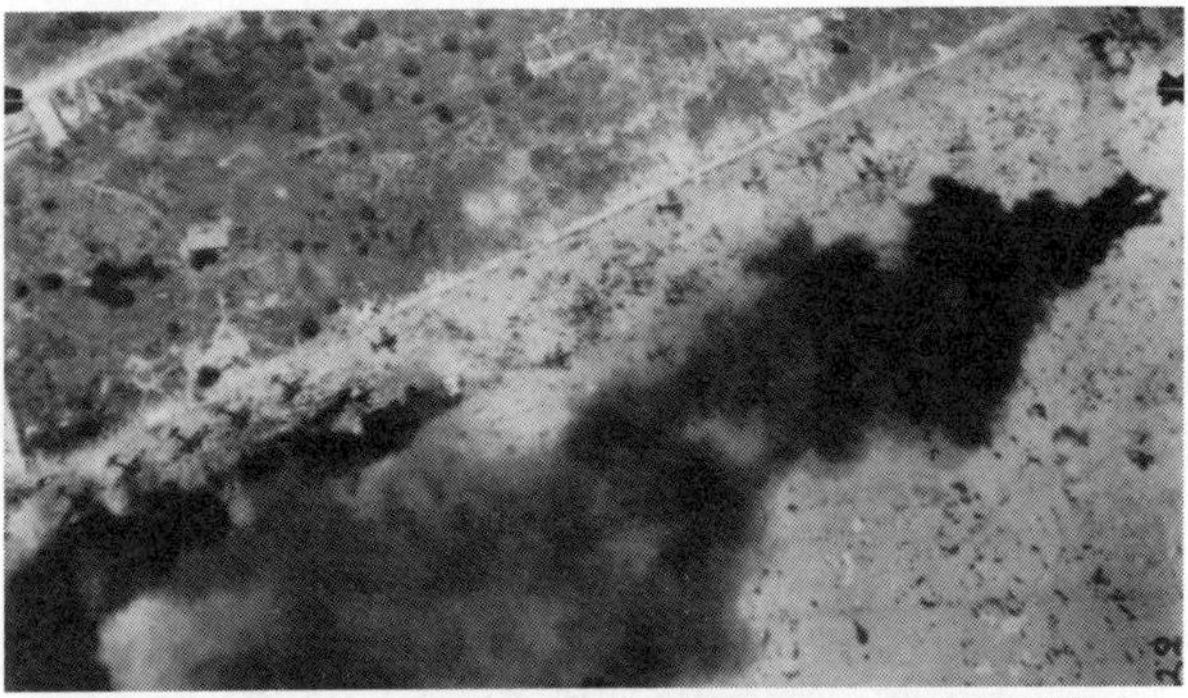

第58任務部隊搭載機による2月23日午前の空襲で、テニアン第一飛行場から被爆の黒煙が上がる。左やや下の5機は三二一空の「月光」、それに続く、見えにくいが画面中央の3機が一二一空の二式艦偵のようだ。

から進出し、岩尾司令以下の幹部は一〇〇一《せんいち》空の零式輸送機《ダグラス》で第一飛行場にやってきた。

飛行機隊は三個分隊に分かれ、各分隊に固有の整備員が付属する。しかし集まったのは一〇機前後だから定数の四分の一程度。作戦飛行はわずかで、香取での錬成の続きが主体だ。昼間の洋上索敵訓練では未帰還機があり、夜間はカンテラ灯を置いて定点着陸にはげむ。

横森飛行士の目にはいかにも泥縄式に映っても、米軍が先手を打って西進してきたのだから止むを得ない。偵察写真も敵の情報も入らないので、指揮所で搭乗士官、整備士官と話しこみ、彼なりの機材知識と戦術眼を養おうと努めた。

米艦泊地への挺進偵察

二月末〜三月の大本営は米機動部隊の侵攻重点を、トラックが中心の東カロリン諸島、あるいは北西へ一一〇〇キロのマリアナ諸島と読み、保有の高速空母（正規空母と軽空母？）は二〇隻以上と若干オーバーに判定していた。米空母群の来攻時期を知るには、その泊地の状況把握が欠かせない。

十九年三月に大本営海軍部（軍令部）で、一航艦の基地部隊と一航戦の空母の両航空戦力を使って、米機動部隊の停泊地を襲う雄《ゆう》作戦が立案された。その実施には、敵艦隊が入る泊地の確定が不可欠の条件である。

内南洋《うちなんよう》の東端にあるマーシャル諸島メジュロ環礁と北東のクェゼリン環礁、東部ニューギニアのフィンシュハーフェン、ラバウルのはるか北西のアドミラルティ諸島などを重視した一航艦司令部は、一二一空に前二泊地の、ラバウルの一五一空に他泊地の挺進偵察を下令する。一五一空は長島少尉の赴任部隊だ。

機材払底のテニアン島に五月十二日、香取から第二分隊長・永元俊幸大尉指揮の二式艦偵八機が到着したが、二十一日にペリリュー島へ派遣されてしまう。しかし追加はほかにもあった。

小型の機体を、一八〇〇馬力の「誉」二一型エンジンと三・五メートルの大直径プロペラで引っ張る、新型偵察機の「彩雲」。五月に横空で慣熟飛行をすませた一二一空の搭乗員が、増加試作機三機に乗ってテニアンへ向かった。二十二日、小笠原諸島・父島あたりの上空で乱気流にまきこまれて、空輸指揮官・山下湧資《ゆうすけ》中尉が操縦する機は姿を消し、行方不明の処

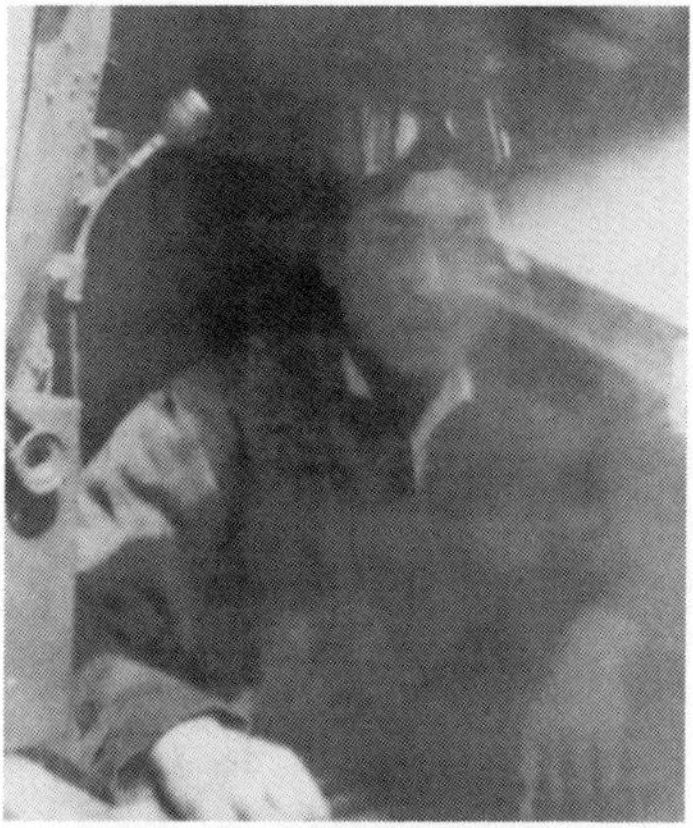

5月29または30日、後藤義男飛曹長とともにトラック・春島をめざして、一式陸上攻撃機に同乗飛行中の横森飛行士。

置がなされた。

残る二機の「彩雲」に、泊地候補の本命であるメジュロの偵察行が課せられた。「彩雲」を使った初の長距離偵察の機長を、少佐に進級した千早飛行隊長が請けおった。テニアン～メジュロは直距離で三〇〇〇キロを超える。横空が測定した航続力は、機内燃料だけで三〇八〇キロだから、増槽を付けても往復六二〇〇キロは飛びきれない。

そこで五月三十日、内南洋の中央に位置するトラックから南東域外のナウルに進出。北北東へ飛んでメジュロに至り、トラックに直接帰るコースをとった。トラックで撮影ネガを立体鏡で判読したのは、コレスの十二期予学から転科した、二十二航戦司令部付の石黒光三少尉だった。千早少佐の誘導と撮影は正確で、空母五隻、戦艦と巡洋艦各三隻などがみごとに写っていた。

続く目標はクェゼリン。ベテラン偵察員の後藤義男飛曹長は、手なれた二式艦偵を選び、まず操縦の片田太一飛曹がトラックへ先行した。後藤飛曹長と判読役の横森少尉は一式陸攻で追及し、同環礁内の春島で合流する。

メジュロ環礁内に第58任務部隊の艦艇がひしめく。目立つのは戦艦4隻で、空母群は右の画面外に停泊中だ。抜錨前日の6月5日に米艦上機から撮影。

　片田―後藤ペアはまず一九〇〇キロかなたのナウルへ。燃料を補給後、ほぼ真北へ一〇〇〇キロのクェゼリンに到達し、K－8での連続撮影に成功した。千早機に続く三十一日の、二式艦偵にとっては性能限界の快挙だ。両機とも被墜をまぬがれたのは奇跡的だった。

　後藤飛曹長はロールフィルムを横森少尉にわたして、二式艦偵で先にテニアンへもどる。現像したネガを持って一式陸攻に乗った少尉は、画面（一コマ一八×二四センチ）の解析にかかった。駆逐艦一〇隻、輸送船二〇隻などが読み取れたが、空母や大型艦はいなかった。

　帰還した横森少尉と後藤飛曹長は、

自分のネガと千早機の写真の解析データを持って、一航艦司令部へ向かった。角田司令長官と幕僚にメジュロの機動部隊、クェゼリンの輸送部隊について説明し、テニアンにいる一式陸攻のエンジン試運転の響きに「長官、あの音を聞いて下さい。泊地攻撃をやって転機をつかむべきです。早く攻撃命令を」と進言した。もちろん中将を個人的に知るから、言えるセリフなのだ。

だが、長官は煮え切らない。彼がメジュロ攻撃をやらせなかった理由を、一航艦・補給参謀の中佐だった山田武氏が、戦後に横森さんに「泊地攻撃の中止は、大本営の命令だった」と打ち明けた。大本営も連合艦隊司令部も、米海軍に力と能力で正対する「あ」号作戦の準備を進めていたのだ。

「彩雲」と二式艦偵の米泊地への挺進偵察は、すでに拠点急襲のためではなく、米機動部隊の出動状況を知る手だてに移行していた。一二一空、一五一空の泊地偵察は六月上旬も続けられるけれども。

「彩雲」、帰投せず

空母一五隻に九〇〇機を積んだ、強力無比の大艦隊。B-29基地の設営を第一の目的に、マリアナ攻略の航空戦力をになう第58任務部隊。五月三十日には「彩雲」が在泊を確認していたメジュロ環礁を、六月六日に抜錨した。

一航艦司令部は十一日の午前、索敵機（未帰還）の打電報告で敵空母の存在を知ったが、攻撃態勢を整えられないまま艦上機群の空襲を受けた。テニアン、サイパン、グアム各島への空襲は午後一時以降だ。

マリアナにあった攻撃隊機の多くは、敵の攻撃地域に対する誤判断から、すでに内南洋西端部（西カロリン諸島）のペリリュー島へ移動。同地で第5爆撃機兵団のB－24群の爆撃を受けて、壊滅状態に近かった。一二一空も「彩雲」四機が、永元二分隊長（六月十八日に戦死）の指揮でペリリューにあった。

来攻前、テニアンの耐弾式防空壕にいた岩尾司令に、横森飛行士が語りかけた。「こうなったら何機来ても同じですよ。〔こっちは〕丸腰ですから」。そして、そのとおりの事態が訪れる。第一波のF6F艦戦二〇八機とTBF／TBM艦攻八機が迫りつつあった。

千早飛行隊長と長嶺一分隊長もテニアンに留っていた。空襲がとぎれると、千早少佐は残っていた「彩雲」単機による敵空母偵察行を買って出た。帰投できれば奇跡的だから、未帰還を予期した彼の決死の表情が、横森飛行士の印象に残った。機動部隊が近海にいるのは明白だし、位置と敵の規模が分かっても、攻撃に出せる戦力はない。それでも偵察行を決意させたのは、職務の責任を自然に受け容れたからだろう。

千早機が洋上へ飛び去ってまもなく、軽空母「モンテリイ」を発した第28戦闘飛行隊のF6F－3群が第一飛行場の上空に侵入した。来攻途中に「彩雲」と交戦したのでは、と直感

テニアン第一飛行場に隣接する諸施設への6月12日の空襲状況。右に広がるのが飛行場で、左方向へ進むと島の北端部だ。

した司令は「やられたんじゃないか」と飛行士に言った。千早機からの連絡が五分以内にとだえたから、横森少尉も同感だった。

しかし、十一日の第28戦闘飛行隊機による撃墜報告には、「彩雲」または似た形の機名はない。他のF６F部隊も同様だ。ただ一機、テニアンから二〇〇キロ南東の洋上で、バンカー・ヒル搭載の第8戦闘飛行隊に所属するF６Fが、午後二時半（日本時間）に「天山《ジル》」艦攻一機を落としている。「彩雲」と「天山」はともに単発三座で、類似の外形だ。互いに飛行中の目視では間違える可能性が大きいし、米パイロットにとって知識にない新型機の「彩雲」を、誤認するのはむしろ当然だ。マリアナから出た「天山」の記録はない。この「天山」を、離陸から三〇分余の決死飛行を続けた千早飛行隊長機「彩雲」と見なすのは、あながち無理ではあるまい。

続く十二日も、未明のグアムへの第一撃に続いて、マリアナ各島への空襲が予想された。

地上戦死を避けたい長嶺大尉は、掩体壕に引きこんで無事だった二式艦偵を用意させ、操縦員（福田幸雄上飛曹か）とともに搭乗。敵機がテニアンを襲う前（午前四時すぎ?）に第一飛行場を発進したが、音信は消えて未帰還に終わった。

この日の二式艦偵／「彗星」の撃墜は、軽空母「バターン」の第50戦闘飛行隊と「キャボット」の第31戦闘飛行隊に所属するF6Fが、午前四時すぎ（日本時間）にマリアナ東方洋上で一機ずつ記録した。どちらかが長嶺大尉機だった確率は高いだろう。

六月十日ごろ、ブラウン（エニウェトク）環礁への挺進偵察のため、井上勝利少尉—酒井重男飛曹長の「彩雲」がテニアンを離陸。中継地のトラック・春島に降着のさいに、事故でプロペラを痛めた。ブラウン行きを取り止め、修理をすませたのち、十二日の薄暮にかかるころに帰ってきて、被弾した滑走路に無事に降りたのはベテランペアの腕前だった。

空襲は十三日も払暁《ふつぎょう》時から始まり、このテニアン唯一の「彩雲」は飛行不能に破損した。これで一二一空の可動機は、トラックとペリリューに「彩雲」計三〜四機が残るだけだった。

玉砕するテニアン

サイパン、テニアン両島に戦艦の艦砲射撃が始まったのは六月十四日。翌十五日の早朝に米海兵師団はサイパン島への上陸を開始した。激戦ののち七月六日に陸海軍守備隊の連絡が途絶し、七日にサイパンは陥落した。

七月二十一日、グアム島に敵が上がった。次の侵攻がテニアンであるのは明らかだ。テニアンの地上戦力規模は陸軍がおよそ一個連隊、海軍が一個警備隊で、島外からの援軍はなく、運命はサイパンに類似する。

米軍の上陸にそなえて、角田中将指揮の一航艦司令部は第一飛行場から、島のほぼ中央のラソー山地に移っていた。飛行場の北側にあった一二一空司令部は、西の岩場に下がった。岩尾司令が横森飛行士に指令を出した。「(敵上陸部隊を)陸軍がどう攻撃するかを見るため、偵察将校を出そう。君、行け」。岩場の司令部から二時間ちかく歩くと、島の北西部の海岸線が視野に入る。付近に陣を張る陸軍第一大隊の松田和夫大尉が、こころよく迎えてくれた。

米軍は二十三、二十四の両日、島の南西部のテニアン港への上陸を図ったが、日本軍の攻撃を受けて撤退した。しかし二十四日の朝、手うすの北西部、第一飛行場の西側の海岸に米海兵師団が上陸し、砲爆撃で支援して橋頭堡を固めた。

松田大尉から「海軍の司令部へもどりなさい」と助言され、「どこにいても死ぬときは同じです。一~二日しかもたない(小さな)島だから」と答えた横森少尉だが、部隊へ帰るべきと思いなおして、遠からぬラソー山地へ向かった。

かなたの北西部の海岸に、多数の上陸用舟艇や敵兵の群れが望見された。残置員に聞くと、司令部は南端部のカロリナスへ移ったとの返事だ。直線距離で一〇キロ。途中、各所で多くの負傷者を見て、戦場の近さを知る。ようやく翌二十五日の夕刻に、司令部が入った天然の大洞窟《どうくつ》に到着した。

入口近くの空間に幕僚といた角田長官が、蝋燭《ろうそく》を灯してたずねた。「横森、雉〔部隊〕はどうした？」。少尉は「艦砲と戦車に全員やられたと思います」と答え、長官からのタバコを吸う。予学十一期は七月一日付で中尉に進級したのだが、辞令が届かず知らずにいた。

テニアンの北西海岸に海兵隊員と、後部にシュノーケル装備のM4A2中戦車が上陸した。伊豆大島より1割大きいだけ、102平方キロの島に散らばる日本軍の運命は決まっていた。

食事は一日一食。にぎり飯一個と乾燥味噌を溶《と》いた汁だけ。水は各自が二時間ちかく東へ歩いて、マルポの井戸へ飲みにいく。ここもじきに奪取されるはずだ。

もはや玉砕は間違いない。七月三十一日の午前九時四十五分、一航艦司令部は長官名で「今ヨリ全軍ヲ率ヰ突撃セントス　機密書類ノ処置完了、之ニテ連絡ヲ止ム」を発信した。

この日（推定）の朝、井戸からもどると、「夜までに洞窟を出て山を下り、各個に交戦

骨組みだけの格納庫の中に残されていた一二一空の「彩雲」一一型。6月12日に帰還した井上勝利少尉機ではないか。すさまじい砲撃ののちでも外形が残っているのは不思議ですらある。遠方の海兵隊カーチスR5C－1は輸送機C－46Aと同じだ。陥落数日前の7月30日に撮影。

せよ」との最終命令が出された。武器は三人につき一発の手榴弾だけ。夕刻、同期で同じ一二一空の飛行科分隊士・森田実少尉（本来は中尉）と顔を合わせた。二言三言をかわして、部下を二人連れた森田少尉は先発する。

呼ばれて司令部に行った横森飛行士は、階級章をはずした角田中将に会った。「ご苦労だった」とねぎらわれ、にぎり飯を割って半分をくれた。別盃《べっぱい》ならぬ別れの飯だ。そばにいた参謀長・三輪義勇大佐ら幕僚も階級章を取って、自決の準備をすませていた。

長官に自決用の武器を問われて、「いりません。向こうが撃ってくれますよ」と答える。それでも戦意を失ってはいなかった。

飛行士の連れは主計科の下士官と兵一人ずつ。もらった半分のにぎり飯を分けて食べ、星空を見ながら下山する。敵の火器を奪うため北東方向へ向かうと、走行する戦車が見えた。付近にいた日本軍人は一〇名ほどで、先発の森田分隊士もいた。

テニアンで日本軍が陣地に用いた洞窟をのぞき見る海兵隊員。このような場所が島内に無数にあった。

テニアンは隆起珊瑚礁《さんごしょう》なので洞窟が多い。明るいうちに別々の小さな岩穴に何人かずつひそんで夜を過ごし、打ち合わせに集まろうとした明け方だ。一〇名くらいか米歩兵の小隊が現われて、短機関銃《サブマシンガン》を撃ってきた。短い射撃音が断続する。「よこもりーっ」と響いたのは、危険を知らせるため森田少尉が出した最期の大声。彼の戦死を直感した飛行士は、三人で手近の岩穴に隠れ、敵兵が離れるのを待つ。

前に人がいたらしくムシロが下がり、めくったら外が見える割れ目があった。のぞくと、米兵たちが日本兵を探している。このとき別動の敵兵が岩穴を乱射し、主計科の二人は被弾、戦死したが、ムシロの奥の飛行士は気づかれなかった。生き残ったのは彼だけだったらしい。米軍が早くも防衛用に鉄条網を張るのをかなたに見て、やがて二名の陸軍兵に出会い、ともにマルポの海岸へ。灌木《かんぼく》でふさいだ穴に入ったあとで、やってきた別の陸軍兵から敵の遺棄した缶詰をもらった。思わぬ美味に舌鼓《したつづみ》を打ち、それなりに食料を算段して一週間あまりがすぎた。

けれども、ここも見つかった。話し合う英語が聞こえてきて、灌木の蓋《ふた》をはずされ、手榴弾を投げこまれた。陸軍兵は戦死。飛行士は幸い重傷を負わず、爆風で失神しかけたが、気力だけで穴から出ると小銃を突きつけられ、万事は休した。

テニアンの最後の組織的抵抗は、陸軍による八月三日未明の突撃である。米軍の二〇倍を超える八千余名の戦死者（ほかに民間人三五〇〇名）を出した一二日間の敢闘が終焉《しゅうえん》を迎え、玉砕の島は失われた。だが、横森飛行士の戦場彷徨《ほうこう》はそれからも続いていたのだ。

第58任務部隊の搭載機がかけてきた六月十一日以降の連続空襲から、自身が敵手に落ちるまでの二ヵ月間は、彼に三年の長さを感じさせた。

ハワイ経由でテキサスのキャンプに入ったのが十九年十二月初め。シアトルに移り、捕虜交換船に乗って二十一年一月上旬、神奈川県浦賀に入港した。ようやくの市民への復帰であった。

飛行機乗りに関わる思い出

——接点からの抜粋あれこれ

取材をどのように進めるのか、説明しても読み物としては楽しみにくい。対談なり書簡記述なりの基本的なノウハウは、誰に対しても同じように用いるからだ。

しかし、ときには思いがけない奇異な展開を見せる場合がある。また、忘れがたい別れにつながったり、添え文ながら戦場の奥行きを思わせるまとまりを見せるケースも出てくる。ささやかではあっても軍事航空にかかわる一側面として、誌面のどこかに残しておきたい出来事や思い出。イレギュラーなりの価値を汲み取れる事象だと、それぞれを認めるのにやぶさかではない。

それらを短く随筆風に書いた五篇と質疑応答一篇、人物回想一篇、文庫解説一篇を、巻末の一章に仕立ててお目にかけたい。

《あの世から帰宅する》

もう四〇年も前のころだ。陸軍と海軍に分けた本土防空戦の写真集を作っていた。まず刊行したのは陸軍篇。その印刷が唖然とする方法と分かったときはすでに遅く、編著者としてちょっとページを開きたくない、情けない仕上がりに愕然《がくぜん》とした。そこで人まかせを反省し、つぎの海軍篇は出版社を変更、自分で印刷会社をさがして対策を整えた。

まだキャリアが浅くて、資料も写真も心もとない量しかない。少しでも充実させようと、とにかく取材、取材の連日だった。三十歳の体力なればこその、無謀に近いハードスケジュールをこなしたそのなかで、一九八一年二月十二日の取材だけは死ぬまで忘れられまい。

名を言えば、たいていの日本機ファンが派手なマークの乗機を思い浮かべるA大尉の、夫人と面談したのは神奈川県南部の住居でだった。戦後のA氏は海上自衛隊に入って、一八年前に大湊でヘリコプターの墜落事故に遭い、殉職されていた。

人となりやエピソードを話す夫人は「なくなるその日は不安感がつのって消えず、隊からの電話が鳴ったとき、あっと思いました」と語った。ふかい愛情に結ばれている夫婦には、ありえないではない予知だろう。

しかし、続いて聞かされた言葉に耳を疑った。「主人はお盆の時期になると、この家に帰ってくるんですよ。そこを通って」。夫人はガラス戸の向こうの廊下を指し示す。

「えーっ」と私の声は上ずっていた。「魂じゃなくて、姿が見えるんですか⁉」。魂を感じる

零戦二一型の翼根部に立つＡ中尉（当時）。

のだって大変な感覚なのだが。

「そう、アロハシャツなんか着て。生前、おしゃれな人だったから。ねえ」

奥で編み物をしているお嬢さんが、呼びかけられてうなずく。「父はあちらの部屋で、お盆のあいだをすごすんです。それからまた、いつのまにか戻っていきますわ」

「この次女と私には見えますが、上の娘には分からないみたい」

私は超常現象、霊感を一〇〇パーセント否定するものではないが、本当かと訝《いぶか》ってしまった。けれども夫人は朗《ほが》らか、息女は穏やかな風情《ふぜい》で、おかしなようすは少しもない。私などより、はるかに常識人に思われた。「でも、ここ何年かは姿を見せません。向こうの世界でいい人ができたんじゃないかって、娘と笑ってるの」

取材はそっちのけで、それから二時間近くもお二人の〝超能力〞をうかがった。寺の墓地はにぎやかに霊がただよい、夜でも恐ろしいどころか楽しいほどだが、神社によっては禍々《まがまが》しさが暗雲みたいに覆っていて、近寄りたくないそうだ。いにしえ、悪神を封じた社《やしろ》も少なくなかったから、これには得心がいく。

以前に母子で長野にいたとき、「この夜だけは窓を閉め、決して外を見てはならない」という地元の言い伝えを聞いた。当夜、不思議なざわめきに引かれてこっそり覗《のぞ》いたら、外の道を鬼火の長い行列が寺の方へ進んでいくところだった。

さまざまな体験談を聴くうちに、現在では第六感とか胸さわぎに薄まってしまった、太古の人々には色こく備わっていたに違いない知覚能力は、かくの如きかと想像できた。

その後、写真集の製作作業に没頭した。被取材者一五〇名への感謝を表すため、立場や戦績の有無にかかわらずもれなく登場させ、かつ読者に不自然感を抱かせないよう写真を選んで（これが辛かった）割り付け、空間をキャプションでぎっしり埋める。精神的にも疲れはて、空前にしておそらく絶後の神経性脱毛症にかかった。

せまい仕事部屋で苦闘中の深夜、背後に気配を感じて振り向いた。もちろん誰もいないが、閉めたはずのドアがいくらか開いている。

少しゾクリとした。そして、ふっと「ああ、英霊が激励に来てくれたんだな」と思えた。A夫人たちとの出会いがなかったら、そんな気持ちは抱かなかっただろう。

《いまだに分からない》

取材の相手から逆に、旧軍時代の同期生や同じ部隊にいた戦友の消息を、ときおり尋ねられた。尋ね人を私が知っている場合、恨みつらみのマイナス関係でないならお伝えし、知らなくても理由が切実なら、積極的に調べる努力をいとわなかった。

「癌を患《わずら》い、丸山ワクチンの処方を受けています」。面談から十数年たって、夜間戦闘機「月光」の操縦員だった人から手紙が届いた。生命のあるうちに後輩の戦後の消息を知りたい、との文面だった。理由は書いてないが、外地から無事に復員できたかをずっと案じてきたようだった。

これは急がねばとあわて、同期の人々を捜して、ようやく「復員したが、一〇年後に病没」を知らされた。すぐに手紙を送ったら、折り返し届いた礼状の文末に「これで思い残すことはありません」と記してあった。亡くなったのはそれからほどなくだ。

この件はささやかな協力が実を結んだ例だが、もっと劇的で、奇妙な結末に至ったできごとがあった。

搭乗機はやはり「月光」だ。偵察員だったMさんに、品川駅の近くで会ったのは一九八一年の三月。ペアを組む操縦員、上官のH大尉は、郷里が日本海側の隣県なので、戦後まもなくMさんの家に遊びに来たそうだ。

「なつかしい。しかし今の住所は知りません」

帰宅して、こんどはH元大尉の住所を調べ、取材を申しこんで容れられた。「勤務先に来

部隊に着任して間もなくの飛行と整備の予備士官(少尉)たち。まだ表情や動作が固い。このなかにM少尉がいた。

て下さい。品川駅の近くです」と言われたのは驚きだった。Mさんの会社と同じエリアではないか。

数日後Hさんに会う。こんどはMさんについて尋ねると、「優秀な予備士官でした。編成したての隊をまとめるのを、ずいぶん助けてもらいました」。むかし郷里を訪ねてごちそうになったが、消息が知れない、いちど会ってみたいとの言葉を受けて、「お会いになれますよ。この品川で働いておいでです」と答えたら、予期に違《たが》わずHさんは「本当ですか⁉」と驚いた。

Mさんの自宅と勤務先の電話番号を伝えたから、Hさんはその日のうちにも連絡をとったはずだ。長らく同じ駅を使っていながら、居どころ不明だったペアを結びつけたのだから、私の気持ちもなんとなく高揚し、取材とは別種の満足感を抱いた。

数日して、三十余年ぶりの再会のようすを聞こうとHさんに電話したら、Mさんが自宅でも勤務先でもつかまらず会えないいままでいる、という予想外の返事。それではと私がMさん宅にかけてみたところ、夫人が出て「連絡がうまくつかない、と主人が言っていました」

明らかに変だ。連絡できぬはずはない。M夫人から具体的理由を聞けなかったけれども、なんらかの支障が二人のあいだに生じたのだと判断した。私がしたのは差し出がましい対処だったのか。

トラブルの元はなんだろう。Hさんが懐かしさのあまり、海軍時代の口調で上官風を吹かせてしまったのか。

同一組織のなかでは上級者が下級者を君づけで呼び、あるいは呼び捨てにしても、不協和音は生まれまい。しかし、どちらかがいったん組織を離れたら、対等の立場に変わるのだから、ポン友でないかぎり、さん付けをし敬語を使うべきだ。まして年齢が異なるというだけで、妙な上下意識を抱くなど論外。これは私の信条で、成人男女のどなたにも同じ態度で接してきた（腹立たしい相手は別です）。異論は多々あろうけれども。

水上機出身者に多い温厚なタイプのHさんが、Mさんに偉ぶった言葉をならべたとは考えにくい。現在の立場の差、胸にしまっていた怒り、いまさら面会してもの観念――どの理由も腑に落ちない。

この〝拒否反応〟に出くわしてから、私はよほどの事態でもないかぎり、他者の所在は教えない方針を固めた。なにが不興につながるのか当人にしか分からないのだから、おせっかいは慎むべきと考えたのだ。

《二人のFさん》

一九八〇年、三月初めの午後七時をすぎたころ。机の上にはオールドの黒いボトルと、コップが二つ。

Fさんは私のコップに、ドボドボと六分目までウイスキーを注ぐと、自分のも同じようにした。「これやりながら話そやないですか」と言って、ぐびりと飲む。つまみも氷も、水すらもない。

正確に質問し、聴き取り、書き付けねばならない（録音は話がこわばるから使えない）インタビューに、酒は御法度だ。だがこんな場合、断っては白けてしまう。「せっかくですので頂戴します」。ひと口飲んで質問を始めた。すぐ顔が赤らむのになかなか酔わない体質なので、一時間ほどなら正気でいられる自信はあった。

Fさんの飲み方には驚いた。生《き》のウイスキーを清酒のように干していく。芯から酒が好きで、アルコールに強い体質なのだ。そのうえ少しも言葉や記憶が乱れない。しかし困るのは、こちらのコップが少し空くと、すぐに注《つ》ぎたして「さあさ」と促してくれる〝親切〟だ。

二式複座戦闘機「屠龍」を駆ってのB-29邀撃戦のころ、酒気おびでの出動がなんどもあった。「ちゃんと飛べるんですか」「素面《しらふ》とおんなじですわ」。複数の撃墜記録をもつ彼には、不注意ゆえの事故歴などない。「いつもトップ（機首）の三七ミリ砲で、至近からの一撃を狙いましたんや」

こんな酒豪とまともに張り合えるはずがない。三口飲むふりをして一口しか飲まず、それでも意識が歪《ゆが》みだしたころ、なんとかひと通り聴き終えた。ボトルはカラに近かった。七割以上をFさんが飲んだのだ。

夜が更《ふ》けていた。「このあたりに旅館かホテルは？」「こんな田舎やから一軒だけ。……（聞き取れず）ですけどな。予約を入れときました」。乗せてもらった車の運転は実にあざやかで、酔いのかけらもない。

ふらつく頭でチェックイン。けばけばしい部屋には、さらに襖《ふすま》があった。次の間つきとはぜいたくな、と開けてみて唖然《あぜん》。なんと全面が鏡の壁だった。

航空セーターを着こんだFさん

それから三年三ヵ月のち。やはり二式複戦の操縦者で、姓の頭文字は同じだが別人のFさんに会いに出向いた。

電話で取材を申し込んだとき、夫人が出て「いまは難しいと思います。後日、私がご連絡しましたら、すぐお越し願えますか」と尋ねられた。「ご病気ですか」「神経を病んでいるのです。でも調子さえよければ、お話しできるでしょう」

半月ほどたった当日の朝、夫人から連絡があった。とても気分がよさそうなので、今日は大丈夫でしょう、とのこと。「主人の調子が悪くなったら目で合図しますから、切り上げて下さい」。まあ、なんとかなるだろう。

卓をはさんで向かい合った。話し方はゆっくりだが、記憶もまず正確で、取りたてて奇異な点は見られない。激戦区などの前線で、複戦と単発戦の両方に乗って戦った経過を聴く。とりわけ知りたかったのは、あるときに撃墜した敵の機名だ。「あれはP－47でした」と教えられ、これで訪れた甲斐《かい》があったと思った。

用意しておいてくれたアルバムを開いて驚いた。どのページも写真を破り取ってある。「だいぶ前にこんな風にしてしまいましたの」。夫人の言葉に顔を上げ、Fさんを見ると、うすく微笑《ほほえ》んでいる。

数枚だけ、傷んではいるが被写体が分かるものがあった。それらの画面全体がセロテープに覆われている。ちょっと考えてハッとした。そうか、破ったあとで後悔し、もう破れないようにテープを貼りつめたのか。

ややたって、夫人が軽く咳ばらいをした。Fさんの目が据わって、虚《うつ》ろな表情に変わっている。引き揚げどきなのだ。不自然さを出さないよう挨拶し、座を発った。

不可避の事故による頭部の負傷が、彼を異質の精神世界へ追いこんだようだ。やりきれない気持ちが、帰途の電車の中でつのってきた。

五ヵ月後に、でき上がった本を送った。夫人から「何度も読み、地図を懐かしそうに見ています。あんな顔は久しぶりです」と書かれた手紙をもらって、いくらか心の軽さを覚えた。

《搭乗したのか否《いな》か》

内南洋と呼ばれたマリアナ諸島にふくまれるサイパン島は、東京から南へ二二八〇キロ。昭和十九年七月に奪取した米軍がボーイングB－29の飛行場を設営し、十一月から日本内地への空襲を始める。

高性能超重爆を迎え撃つだけでなく、来襲をはばむために、日本側もサイパンを爆撃してB－29の破壊を試みた。使用機材は陸軍が九七式および四式重爆撃機、百式司令部偵察機、海軍が一式陸上攻撃機と陸上爆撃機「銀河」、それに零戦（銃撃特攻）だ。少数機なので蟷《とう》螂《ろう》之《の》斧《おの》でしかなかったけれども。

日本内地～サイパンを往復する航続力はどの機にもないから、ほぼ中間に浮かぶ硫黄島を中継する。零戦のほかはいずれも夜襲をかけるが、対空火網とP－61夜間戦闘機の邀撃が待っていた。それに長距離の洋上航法が、とりわけ陸軍機には負担だった。

陸軍で最初にできた重爆組織の後身である飛行第七戦隊は、連合艦隊司令部の指揮下に入って対艦攻撃をめざす異色の陸軍部隊でもあった。

19年9月、七戦隊の四式重爆撃機が調布飛行場に不時着陸してきた。戦隊が鹿屋基地で雷撃訓練中のころで、航空審査部での打ち合わせ時か。

十二月二十五日に千葉県の香取海軍基地から、第七六二航空隊の「銀河」とともに、四式重六機が硫黄島に進出。爆弾倉には海軍の三番（三〇キロ）三号爆弾一五発と、夜戦から逃げる飛行に必要な一〇〇〇リットル増加タンクを取り付けずみだ。

第三中隊から選抜の三機のうち、岡田章大尉機に乗る機上機関（海軍では機上整備）係の錦成光軍曹は「いよいよ最期か」と感じていた。——この三行は、昭和五十四年（一九七九年）二月に取材した錦さんの談話がベースだ。「自分の乗機の機長ははっきりした記憶がないが、岡田大尉機がトラブルで出られなくなり、責任感が強い人だったので、こちらの機に移ってきたように思う」と語ってくれた。

このとき七戦隊戦友会の会報に、岡田機の副操縦者を務めた久保井三郎さん（旧姓・須藤。当時少尉）が手記を載せていた。

「〔硫黄島から〕サイパン島へ行った三中隊機は、中隊長の畠尾〔邦男〕大尉機、山下〔昌文〕准尉機と岡田機の三機。岡田機は硫黄島着陸時にタイヤがパンクして、出撃を中止し、山下機は未帰還で、攻撃に成功し〔硫黄島に〕帰ってきたのは畠尾機だけ」といった内容だった。

消去法でいけば、錦軍曹が機関係を務めたのは畠尾機なのだが、錦さんは中隊長機には乗っていない覚えだから、話が矛盾する。しかし、とりたてて追及するほどでもなかろうと判断し、手を加えず岡田機搭乗のままにしておいた。

昭和六十二年十月に七戦隊の戦隊史が作られて、その中に戦友会報の久保井さんの手記が再録されていた。これを見て書いたに違いない二〜三本の記事が、ここ二年ほどのあいだ（平成八〜九年／一九九六〜九七年）に雑誌に掲載されたため、拙著『本土防空戦』を読んだ人は迷いを覚えるかも知れない。そこで、この機会（新版への改訂を示す）に、久保井さんに直接たずねてみた。

岡田大尉は別の機で出撃したのでは、との質問に対し、久保井さんの返事は「私は大尉といっしょにいたから、それはあり得ない」と明確だ。そうすると、畠尾大尉はじつはほかの主操縦者の間違いだったか、あるいは第四の三中隊機が存在したとの説が成り立つけれども、ともに可能性はゼロに等しい。

といって、錦さんの回想が事実無根なわけはない。ニューギニア以来の彼の戦歴と記憶力、人となりがそれを証明するし、なによりも説明の迫真感は体験者でなければ語り得ず、内容の裏付けもとれるのだ。

疑問を解きほぐしたのは、久保井さんが二〇年前（昭和四十年ごろ）に調べて書いたメモだった。そこには、畠尾機の機関係が錦軍曹と明記してあった。つじつまの合わない点がなお残りはするが、ようやく一段落ついて、久保井さんの厚意と錦さんのかつての取材協力に、あらためて感謝した。

敗戦時の焼却、廃棄によって、軍関係の資料には欠落が少なくない。残存の一次資料にも不注意や失念、さらには意識的な、各種の誤記が見受けられる。まして、「公刊」と称される戦史書に不正確な部分があるのは当然だ。

私の直接取材の目的には、こうした陥穽《かんせい》にはまらない対策の面もあったが、被取材者の人選が適切でも、万全の処置はもちろんかなわない。長時間の経過が記憶のゆがみ、引いては証言のブレを招くのは、避けがたいからだ。その実例を味わった、戦史のごく一部分に関した作戦行動の表記だった。

《若い技術社員が横空で働いた》

敗戦時十九歳の山下俊《とし》さんは、海軍搭乗員でも陸軍空中勤務者でもない。しかし軍航空にまぢかに接して、新機材と関係者の状況に目を配り続けた人だ。

昭和が平成にかわった翌年の一九九〇年、師走に入って出版社気付で葉書が届いた。航空雑誌の連載記事中に書いた、「雷電」の折り返し空中線《アンテナ》についての文面だ。

アンテナ支柱の先端から垂直尾翼の上端まで張ったアンテナを、ふたたび支柱の付け根へ持ってくる。外気中のアンテナは折り返して二倍の長さなので、無線電話の感度が向上し、実験後に海軍側（航空本部）から採用の認可が出た、という。

「それまでの単純な張り方だと、横空から上がって〔二五キロ先の〕木更津でもう感度がなくなっちゃうのが、折り返しだと〔一七〇キロ先の〕茨城県の常陸太田あたりまで、充分聞こえました」

「その後もいろいろやりましたが、書き切れません」と続く。これを聞かない手はない、と取材許可を得るため一〇日後に電話をかけ、すぐに「ああ、いいですよ」の返事をもらえた。

大正十五年（昭和元年）生まれの山下さんは、年若い空中線科の技手《ぎて》つまり無線技士だ。国際電気（株）に入って半年後の昭和二十年正月から、先輩二名と航空本部へ出向し、月給の四倍をこえる三〇〇円の嘱託手当をもらった。

航本で「横空へ出張してくれ」の指示を与えられて、横須賀航空隊へおもむき司令にあいさつ。通信器材および電探《レーダー》の実用実験と使用法を担当する第六飛行隊で、勤務するよう命じられた。

高等工業学校を出た山下技手の横空内での待遇は、ガンルーム士官すなわち少尉、中尉なみで、隊員たちから「山下さん」と呼ばれた。逗子の水交社に泊まって電車と士官バスで横空へ通う。隊門の出入りは〝顔〟と嘱託のバッジでフリーパスだ。

電波用の各種測定機、検波器などは空技廠電気科から、不足な機器は国際電気から持ってきて作業に用いた。空中テストで飛ばす機材は、機上作業練習機「白菊」、九七艦攻、一式陸攻、それに新鋭艦攻「流星」まであって、乙戦「紫電」も使用可能だった。

指揮所の前に駐機場《エプロン》が広がる。すぐ近くにいつも局地戦闘機「天雷」が一機置いてあった。単座型で機首が高く上を向いていて、眺めている動き出す感じにしばしば囚《とら》われた。

六飛行隊長の有馬敬一少佐は庁舎から、自転車で指揮所にやってくる。軍帽をアミダにかぶり、持参の鞄がいつも違うため、隊員が「南方で買ってきたものですか？」と聞いたりした。同期の江藤圭一少佐（水上機）が「有馬は無線の専門家《トンツー》だぞ」と教えてくれる。第二次ソロモン海戦、南太平洋海戦を九九艦爆で指揮した、偵察員としての抜き出たキャリア。人となりはおしゃれでスマート、無線のテスト飛行で後席に座るのをいとわなかった。

山下技手の主な担当はアンテナの装着だ。テスト機にしばしば同乗して、飛行時の効果をチェックした。一回だが「流星」の偵察席にも乗せられた。

連合艦隊司令部の指令で、折り返し空中線の導入が考慮され、横空が実用実験を請けおった。山下技手たちに与えられた初仕事で、九七艦攻と一式陸攻を使ってのテストは成功し、これまでの五～一〇倍の受信可能距離が記録された。もちろん航本の結論は「制式兵装に採用」である。その後、九七艦攻の垂直安定板そのものをアンテナに利用する実験を反復した

敗戦後、横須賀航空隊の装備機がエプロンに集められた。向こうの2機が「天雷」単座3号機と複座6号機。プロペラと斜め銃は外されている。山下技手の勤務時は3号機だけが置いてあった。右の建物が第六飛行隊の指揮所。

が、こちらは受信距離を伸ばせなかった。

九七艦攻の試作二号機（十試艦攻）に、編隊内での連絡に使う一式空三号隊内無線電話機を積んで、折り返し空中線の効果を見ようとしたのは、あの悲惨な三月十日。東京市街地への無差別空襲が終わって、数時間がすぎていた。空襲後の状況を撮影し、同時に横空へ電話してアンテナの効果を試すのが任務だ。

山下技手は後ろの電信席に座った。操縦が長井巌少尉、偵察は吉田飛曹長。偵察席の後下方にあるバッテリー接続部に、始動用コードのかわりにテストする無線電話機をつないだため、エンジンがかからず、元にもどして発動させた。

離陸したら、すぐに海上に出る。ところが主脚を収める前に、故障とはまず無縁なはずの「光」エンジンが止まった。永井少尉は滑空で右旋回に入れて、基地の上空にもどる。コンクリート舗装の滑走路をはずし、草地にすべりこんだ。

脚が出たままだから、直進すればじき格納庫にぶつかってしまう。永井少尉は尾輪の操向と操舵で機首を右へ向けた。この動きに右主脚が耐えられず、脚柱の頂部が外板を破って突き出し、機は傾いて停止した。山下技手にとって初めてのアクシデントが、ともかくも殉職や負傷につながらずに終わった。

三〇秒ほどか、機内は静寂だった。軽い衝撃と緊張の作用で、操・偵とも黙って座ったまだ。技手は「仕方がないから、出ましょうか」と二人に話しかけ、なれない動作で電信席を脱し、主翼の付け根部に立った。このときだ。正気づいたかのように、吉田飛曹長が無線機で送話を始めた。「指揮所、指揮所。こちらは飛行場のまんなか……」。

しばらくたって救急車が走ってきた。すぐ横を滑走する「銀河」に、技手は轢《ひ》かれそうな感覚を覚えた。医務室で手当てしたのは、額を切った吉田飛曹長だけ。飛曹長は搭乗員というよりも、ふだん事務や人員の世話を受けもち、六飛行隊では〝要務士〟と呼ばれる存在だった。

指揮所に帰ると、有馬少佐が「山下さんに度胸で負けちゃったな」と笑いかけた。民間人なのにすぐに元気を取りもどした彼を、こんなかたちでほめてくれたのだ。

滅法な飛行機好きの山下さんは、敗戦一ヵ月前まで半年のあいだ横空に滞在し、海軍新鋭機の存在を目に焼き付けた。軍籍にあった人の回想とは異なる、別種の視点による談話は、得がたい内容をともなっていた。

《軍偵操縦者の諸事あれこれ》

陸軍機のなかで、海軍の艦上爆撃機に近い機種を探すとすれば、単発襲撃機が選ばれるだろう。戦闘機に次ぐ機動力をそなえ、急降下爆撃が可能で、機関銃／機関砲と爆弾による地上攻撃を主務に定めて使われた。

艦爆は九四式から「流星」まで六種類あるのに、単発襲撃機は九九式一種だけだ。主敵が中国軍から、はるかに強靭《きょうじん》な米軍に変わり、それにともなって、より強力な武装を持つ双発襲撃機へと移行したとも見なせよう。

九九襲の胴側にカメラ窓を設けて偵察能力を高めた、九九式軍偵察機もほぼ同様、同性能の機材で、類似のかたちで運用された。両機を「日本軍の代表的な地上攻撃機」と定めていいと思う。すなわち、もっとも陸軍らしさが色濃い機材と言えよう。

九九襲／軍偵をいち早く装備したのが、飛行第四十四戦隊の軍偵中隊だ。華中を主舞台に、華南と華北へも進出。中国軍の前線状況を偵察し、陣地や施設、橋梁《きょうりょう》、鉄道、艦船を爆撃し、歩兵部隊、輸送部隊の車輛と兵員に銃撃を加えた。その経過は、NF文庫の拙著『空の技術』の「軍偵と排気管」に記述してある。

戦隊で主要操縦者だった一人が、第六期少年飛行兵出身の船橋曠《ひろし》（戦時中は旧姓の瀧《たき》）さんだ。

赤トンボ、つまり九五式三型初練と一型中間練習機の単独飛行はトップクラス。以下、品川育ちの達者な江戸弁で、軍偵に搭乗時のあれこれを語ってもらった。

渡「高練（九九式高等練習機）は操縦しにくい、と言われますが」

船「よくもこんな飛行機を作ったな、と思うほど難しい。速度を落とせば翼端失速が来ます。離着陸のさい、滑走時の偏向性にも神経をつかった。ヒナのうちにこんな難しいのをこなせれば実用機で困らない、という考えなのか（笑）。分科は軽爆〔撃機〕です」

渡「すぐに四十四戦隊へ？」

船「昭和十六年の春からですが、〔戦闘続きで〕教育してるひまがないんで、岐阜の二戦隊で九八直協〔偵察機〕を使い、戦技操縦訓練に続いて、射撃訓練と爆撃訓練を三ヵ月。直協は高練と同じなのに、あまり難しく感じません。腕が上がっていたんでしょう」

渡「まだ任官前ですね？」

船「そう、伍長は十月からです。七月に漢口まで船と汽車で行って、着任しました。四十四戦隊は軍偵と直協に分かれ、軍偵中隊は〔予備もふくめ〕『九九』が定数一五機がそろっていた。尾翼の戦隊マークが日の丸なんで『赤玉部隊』と呼んでました」

渡「九九軍偵の操縦はいかがでした？」

船「直協にくらべて、まったく易しい。どうやったら失速するんだ、と感じましたよ。機動もなんでもできる。急降下は必須。爆撃のとき、ひんぱんに使う。ユンカースをまねしたんだ、がわれわれの想いでした。軽爆は急降下をやれません」

九九式襲撃機は機動性が抜群だった。尾翼の日の丸を大きくした、飛行第四十四戦隊の後期の塗装だ。

渡「出動は伍長（応役操縦者は下士官以上）へ進級後ですか？」

船「いいえ。四十四戦隊には伍長勤務兵長があって、伍長の任務を代行できたんです。大東亜戦（太平洋戦争）にそなえて操縦者が内地へ抜かれたから、人手不足だったためでしょう。大した任務でないときに、これで編組（作戦メンバー）に入れられ飛んでいました」

渡「爆撃の降下角度は何度でしたか？」

船「私が経験したのは四五度まで。これで真っ逆さまに落ちていく感じです。たいていは三五～四〇度。〔高度〕一五〇〇～二〇〇〇メートルからアタマを振って降下に入る」

渡「主要な目標と爆弾は？」

船「まず地上部隊。それから橋と機関車。たまに散兵壕、大型陣地ですね。使うのは主に五〇キロ爆弾。二〜三回ですが、船をねらって一〇〇キロを使った。操縦席の前下方、踏み棒（フットバー）の奥に、照準線を引いた透明プレートから照準します」
渡「常用高度はどのくらい？」
船「三〇〇〇メートルを常用しました。敵状によっては四〇〇〇メートルですが、滅多にありません。だから酸素マスクは、軍偵では使わずじまい」
渡「機銃掃射を併用しますか？」
船「必ず、と言っていいほどです。地上部隊を発見したら、銃撃するのが軍偵の義務なので。私が在隊したあいだは、機首の火器はみな七・七ミリ〔機関銃〕でした」
渡「十八年十一月から、一二・七ミリ機関砲への換装が始まります」
船「私が軍偵に乗っていたのは十月までなんです。それからは戦闘機」
渡「陸軍の戦闘機は空戦時に天蓋《てんがい》（可動風防）を開けますが？」
船「そのときの状況によりますね。開けるときもある」
渡「後方席に同乗者がいると、負担に感じませんか？」
船「特に感じませんよ。負担ではありません。むしろ、いた方が心強い。大陸では在支米軍機（第14航空軍機）に捕まらなければ、被弾や被墜はまずありませんから」
渡「十月に転属したのは、戦闘隊の〔飛行第〕二十五戦隊ですね？」

船「ええ、漢口の同じ飛行場にいました。『隼』の操縦者の損耗がひどいんで、引き抜かれたかたちなんです」
渡「軍偵と一式戦（闘機）はどちらの操縦が大変でしょうか？」
船「そりゃ軍偵です。一式戦はさらに癖がなくて容易でしたね」

《訃報《ふほう》を受けて》

取材主体の航空史の原稿書きを長らく続けていると、知己《ちき》が増える半面で、何人かずつの訃報を毎年受け取らねばならない。葉書や手紙、あるいは電話で逝去の知らせを受け取ると、取材のさいの感情がいちどにわき上がる。面談なり電話なりでなんども話した人だと、しばらく思い出にふけって、ペンの進みが滞《とどこお》るのが常だった。

そんな知らせが、一九九〇年の晩秋から翌年初めのあいだに二つ届いた。一人は海軍の超ベテラン偵察員・浜野喜作さん、もうひとりは陸軍の高名な戦闘機操縦者・檜与平《ひのき》さんだ。二人の経歴はまったく対照的で、それゆえに印象がいっそう強く、いつまでも心に残るに違いない。

＊

浜野さんに連絡をとったのは一九七七年の暮れ。飛行機雑誌を作っていたとき、第三〇二航空隊の取材を続けるうちに、かつて部下搭乗員だった誰かから紹介してもらい、手紙を出

飛行作業の指揮のあいまに小休止の第三〇二航空隊「銀河」分隊長・浜野喜作大尉。厚木基地の誘導路の内側で。

したのが最初だと覚えている。半月ほどあいだを置いて配達された浜野さんの返書は、持ち重りがするほどの意外な分厚さだった。

なかみは、レポート用紙に二色でつづられた詳細な履歴と回想で、読み終えるまで驚きの連続。隣席の同僚から「どうしたんですか?」と尋ねられて、没頭からわれに返った。

一九二四年（昭和にあらず大正十三年）から飛行機に乗り、偵察練習生を二六年に終えた大変なキャリアの持ち主。特攻を生んだ大西瀧次郎中将が大尉のとき、水上機でペアを組んだという。

文体に乱れはなく、分かりやすい。回想記のなかでいちばん目を引いたのは、「斜め銃と『月光』は私が考えた」と書かれた部分だ。結局のところ、浜野中尉と小園安名中佐は同じような腹案を抱いていて、意気投合ののち、実質的な装備法と材料を中尉が研究し選定した、というあたりが正解と思われる。それにしても、「斜め銃すなわち小園司令」の定説を変えられたのは、私にとって大きな収穫だった。

浜野さんは一九〇二年（明治三十五年）生まれ。私が初めて連絡をとったころでも、もう七十五歳だったが、記憶力は抜群で、どんな質問にも明確に答えてくれた。長崎県への一時間以上の電話がつごう四〜五回におよび、佐世保まで出かけたときに、住まいを尋ねたいと思いつつも、互いの日程が合わなくて果たせなかった。

四等水兵から叩き上げて特務士官のコースをたどったけれども、兵学校を受けられる境遇にあったなら無論合格しただろう。二度にわたり浜野さんの上官だった人が「人物といい、頭の切れといい、見事」とほめるのをのちに聞いて、わが意を得た思いだった。

一九八六年五月、「銀河」夜戦と「月光」を装備した三〇二空・第二飛行隊員ＯＢの集い、銀月会が東京で催されたとき、私も呼ばれて不相応の上席に座らせてもらった。取材した人々と再会した嬉しさのほかに、浜野さんと面談できたのは大きな喜びだった。

洒脱で闊達《かったつ》、丸い笑顔で語りかけてきた分隊長は、想像に違《たが》わぬ傑物で、部外者にもかかわらず愉快な三時間にひたり、「三〇二空の物語を必ずやりますから！」と酔った勢いで宣言した。

公約どおり、それから一年数ヵ月後に航空雑誌に書き始め、浜野さんにまた二〜三回電話をかけた。そのうちに、部下だった人から「分隊長の体調が悪いようです」と知らされ、一九九〇年の初秋には前立腺癌の病名も耳にして案じていたところ、十一月中旬に危篤を聞きおよんだ。

亡くなったのは二十日である。賀状のリストからはずすのが、なんとも残念だった。

「渡辺さんはもっと老《ふ》けた人だと思っていましたよ。兵隊にも行っていないで、あんな話をよく書けるね」

米寿で逝った「銀河」分隊長の愉快そうな顔は、忘れられないだろう。

＊

陸軍航空士官学校を卒業し、加藤「隼」戦闘隊の中隊長を務め、五式戦闘機部隊の大隊長（戦隊長格）で敗戦を迎えた檜少佐の確たる軍歴。記録された戦果も第一級だから、誰の目にもエリートコースを歩んだと映る。

確かにそうには違いないが、コースの途中に大きな落とし穴があった。一九四三年（昭和十八年）十一月、ビルマ・ラングーン（いまはミャンマー・ヤンゴン）上空でのP－38、P－51戦闘機との交戦で、二機を撃墜後に被弾し、右足を膝下から切断。操縦者生活を断念せざるを得ない重傷を負ったのだ。

しかし、戦闘機への復帰、戦場への再登場を願う檜大尉は、まさに血のにじむ努力をかさねて重いハンディを克服した。回想記『翼の血戦』にその経過が見事な筆でつづられ、日本の軍航空に関心をもつ人の多くが読み知っている。

この空への復帰をめざす強い意志に、私は深く感動した。復活への経過を拙著にも記してみたが、どんな形容詞も白けてしまい、苦慮したのを覚えている。加藤部隊長夫人を訪ねるのに同行してもらったおり、檜さんの足どりは障害を全然感じさせない、健常者と同じテンポだった。

檜さんと知り合ったのは、日系三世の航空機研究家ヘンリー・境田さんが彼に尋ねてほしいと、いくつかの質問を寄せてきたのがきっかけだ。自身に直接かかわらない質問内容なのに、快くていねいな説明ぶりが受話器から伝わり、かねて抱いていた私個人の疑問にも面倒がらず応じてくれた。

飛行第六十四戦隊・二中隊付の檜与平中尉が一式一型戦闘機丙のわきに座った。空戦技倆に脂が乗ってきたころ。

心ひろき檜さんと気やすく交際させてもらうのに、時間はかからなかった。合わせて五〜六回も居宅へうかがい、いずれも歓待を受けた。飾らない人がら、練り上げられた人格に接するのは楽しく、充実した時間の経過を帰途にいつも感じていた。やや離れて座り、耳を傾ける夫人の姿にも、気持ちの温まる思いがした。

電話のやり取りは、三〇度に近かっただろう。檜さんの方からも、よく通る声で何度もかかってきて、「さあ、なんの話かな」と内容を聞く興味がいつもわくのだった。

だが終わりの二〜三年、声のくもりが感じられ、疲れを伝えるようすがあった。それは決まって、アメリカ人航空史家らの質問状を受けたときだった。日系人史家などから住所を教えられた彼らは、文書館に資料がズラリとそろう自国と同じつもりで、日本の陸軍航空に関する難問、奇問を書きつらねた手紙をよこすのだ。

篤実《とくじつ》な檜さんは、できるだけ便宜をはかってやろうと、及ぶかぎりの調査に取り組んで、遠距離通話で顔も知らない空中勤務者に、不明な部分を聞いたりしていた。聞かれた人のなかにはその行為を誤解し、あるいは理解せず、辛辣《しんらつ》な言葉を返されたケースもあったようだ。アメリカ人の長所でも短所でもあるこうしたストレートな依頼を、私もうんざりするほど味わい、適当に処置する方法を編み出していたから、それらの手紙を自分にまわしてくれるように頼んだ。

しかし檜さんは、私がよりよい答を送れるとき以外は、決して手紙をわたしてくれなかった。できるだけの配慮をしてやるのが誠意だ、と確信していたのだろう。

一九九〇年十月、なかなか秋風邪が治りきらない状態を電話で伝えられて以来、話す機会を得なかった。ところが年が明けて一月二十九日、遠方の出先から自宅に連絡を入れたとき、早朝の檜さんの急逝を夫人から知らされた、と妻がまっ先に話した。受話器からの声に驚くばかり。脳血栓から回復されなかったそうだ。

翌日、棺の上に飾られた檜さんの写真に手を合わせた。やさしげなその顔は私に、「がんばりなさいよ」と語りかけているようだ。「檜少佐空戦記録」を書く約束を、果たせなかったのが悔やまれた。享年七十一。

《解説につらねた戦歴紹介》

「人に歴史あり」は不変の定理だ。どのような人であろうと、その一生には他者に感銘を与える何かが、必ず含まれている。

したがって、来し方《こかた》を回想した記録はそれぞれに価値を有するのだが、不特定多数の読者を想定した市販本に仕立てるのなら、代価に見合うよう、いくつかの不可欠な条件をクリアーせねばならない。その最たるものが、読者をして飽きさせない内容と、それを鮮やかに描き出す表現能力である。

戦闘機操縦員に局限して、往時の体験記を出版社から刊行する場合の、編集者的視点による必須の要素をあげてみよう。

まず、内容の基盤をなす操縦のキャリアについて。第一線部隊で勤務し、長きにわたりさまざまな敵機と戦っているのが望ましく、しかも少なからぬ戦果をあげていれば申し分ない。海軍の場合、基地航空隊の隊員が大半を占めるが、母艦作戦にも従事しているならなおさら結構だ。

つぎに、いくつもの出来事を正確に記せるだけの記憶力。当時の日記やメモなど、個人的な資料があればさらにいいけれども、あまた刊行ずみの戦史、戦記で代用できる。

そして表現能力、すなわち筆力だ。プロに談話を聴かせて書き起こしてもらったり、原稿のリライトを頼む方法は、経費のほかに欠点が出てくる。作家やライターは無意識に、より興味ぶかく読ませようとしがちで、文がこなれすぎて却《かえ》って迫真感を削《そ》がれかねない。もっと困るのは誤解、誤記述、あるいは異なる主観の挿入がありがちな点だ。これらを問題なく処理できる、必要にして充分な知識と抑制心をもつ適任者は、容易に見つかるまい。やはり本人が筆を執るのがいちばんなのだ。

この場合、編集部による添削などのサポートを期待できるが、最小限に抑える必要がある。編集者が手を入れるほど、前述のプロ的な文章に化けてしまい、せっかくの個性が埋没する恐れがあるからだ。そんな不首尾を招かないためにも、基本的に一般人の記述力水準をかなり上まわるものを求められる。

以上はあくまで、勝手に書きならべた状況にすぎない。そもそも戦闘機乗りの戦死率はきわめて高く、開戦以前から作戦飛行に従事していたような大ベテランの生存者は、ほんのひと握りだけだ。最大の壁たるこの第一条件をパスしたうえ、さらに記憶力、筆力などのハードルを越えうる人は、本当に稀《まれ》にしかいない。マニアでないふつうの読者が満足できる個人の空戦記が、書店にならぶ可能性がいかに低いか、お分かりいただけよう。

そうした得がたい戦記の一冊が『空母零戦隊』(文春文庫版。二〇〇一年刊)である。著者の岩井勉さんは間違いなく、前述の諸条件のすべてを満たすわずかな人々の一人と言える。

第六期飛行予科練習生(のちの乙飛予科練)の戦闘機搭乗員の手記、とくるだけで、私などはたちまち食指が動く。海軍生活一〇年、飛行機搭乗七年半の経歴を想像するからだが、岩井さんが描いたとなれば読まずにはいられない。彼が零戦の初空戦に参加した一三名に含まれるのは、海軍航空に関心をもつ者にはあまねく知られ、ほかに「瑞鶴」戦闘機隊に転じての南東方面(ソロモン諸島、東部ニューギニア)での激戦参入、「瑞鶴」搭載の六〇一空・戦闘機隊の残存戦力に加わり囮《おとり》作戦に投入されたフィリピンでの苦闘などが、すぐに脳裡に浮かんでくる。

本書が初めて刊行された一九七九年、さっそく購入して読了し、個人戦記としての優れた記述にうならされた。空戦録に付きものの数字的な精度の高さを押さえたうえで、戦闘の様相を説く文章の巧みさがある。南東方面のP-38、P-39などとの一連の戦い、クェゼリン環礁ルオット島の周辺でのF6Fとの混戦描写は、彼我の機動のようすが如実かつ分かりやすい。空母への着艦要領、B-24攻撃法、台南空の項での射撃要領の説明もまた然《しか》り。手柄ばかりでなく、自身の失敗を隠さずつづった点も高く評価できる。佐伯空での延長教育時の衝突、マエロラップ環礁上空で生じた二式飛行艇への誤射など。マイナスの、それもシリアスな事件の記述は、できそうで実はなかなかできない。

最初の章の後半に、募集条件の学歴の差によって、元来の予科練が乙種、新設の予科練が甲種と名付けられた処置に、著者の憤《いきどお》りを述べた部分がある。岩井さんの判断、主張に私は全面的に賛同する。

これらの制度を作った海軍関係者は、該当者たちの感情などかまわずに、高いところから見下ろす気分で内容を決め、安易に命名したに相違ない。甲種、乙種、丙種という、門外漢の思い違いを招くのが必定（通信簿も徴兵検査も、成績は甲乙丙の順）の奇妙な名称のかわりに、例えば制度ができた順に第一種、第二種、第三種予科練としても、なんら問題はなかったはずだ。制度作成関係者の驕《おご》り、低級な理念、思考の短絡が、異種の予科練出身者間にのちのちまでも残した苦い感情を、嘆かずにはいられない。

一九八五年ごろだろう、岩井さんに一度だけ電話をかけたのを思い出す。著作に掲載された、ミルン湾攻撃隊が整列する前の写真を借りられないか申し出たら、もう手元にない、との返事を受けた（思いがけない喪失の理由はのちに知った）。いささかがっかりしたところに、「本の内容に疑問があれば、いつでも質問して下さい」の言葉が続き、なんとなくホッとした気持ちに変わったのを覚えている。

当時、零戦に関する著作の準備を進めていた私は、しかしその後、岩井さんへの直接取材を頼まなかった。時間がなかったからとか、面倒だったからではもちろんなく、回想記の存在のおかげで取材を必要としなかったのだ。それほどに充実した内容だった。

このたびの文庫版に解説を求められ、著者の操縦員としての真価を知る一人として、喜んで受けさせてもらった。あらためて再読するとともに、せっかくの機会なので、個人的な興味にもとづく質問をお願いした。そのうちで、読者の関心を得られそうな諸項目を、岩井さんの語り口を借りて列記してみたい。

①零戦の初空戦

中国軍パイロットの技倆は、なかなか高かった。飛行機の性能差があまりに大きいため、勝負にならなかったのです。追尾するとすぐに間合が詰まり、撃つ時間がないほどで、エンジン〔の出力〕をしぼって追うありさまでした。編隊空戦はやらなかったが、以心伝心、わが方はみな左回りの攻撃にかかり、混乱を生じなかった。

②強敵はなにか

開戦後しばらくは練習航空隊で教員勤務だったので、グラマンF４Fとは戦っていません。手ごわかったのはF６F。運動性は零戦の五二型と同じぐらいと思いますが、馬力が二倍で、そのぶんを防御力と火力にまわしている感じです。フィリピンでF６Fを二機落としたあと追撃され、全速で逃げたとき、距離が縮まらなかったから、速度も似たようなものと判断しました。空戦に自信はありましたが、見張不充分で襲われたらひとたまりもない。列機の能力が重要です。見張りのしやすさの点から、米軍式の二機・二機の四機編隊よりも、私には旧来の三機編隊が御しやすかった。

③対米陸軍機

ロッキードP-38、ベルP-39、カーチスP-40と戦いました。私の撃墜戦果（確実一五機、不確実七機）のうち、最も多いのがP-38なのです。高速でも旋回半径が大きく、相手が九〇度（垂直）旋回で離脱するところへ、操縦桿を縦に使ってタマをやや上下に散らすと、図体が大きいだけに当てやすかった。無論、チャンスは一回だけです。

④無線電話

古い操縦練習生（丙飛予科練の前身）出の人は、トンツー（モールス信号の電信）の訓練をやっていません。私たちも電信より電話を多く使いました。編隊内は同一波長に制御していて、距離が遠くなるとトンツーで伝えるんです。電信の操作は右手だから、操縦桿を左手に持ち替える。ただし会敵までは電話も電信も封鎖で、会敵後はいくら使ってもいいんです。空戦に電話は絶対有利ですけど、操作面でちょっと使いづらかった。

⑤ゼロ戦？　レイ戦？

昭和十八年（一九四三年）の春のころ、落下傘降下した敵の搭乗員は、そろって「ゼロが恐い」と話しました。「ゼロ」はもちろん零戦です。日本人にとっても「レイ」より「ゼロ」の方が言いやすい。そのうちに私も「レイ戦」から「ゼロ戦」に呼び変えましたよ。

⑥零戦の好きな型

たいていの搭乗員と同様に、翼端を切り落とした三二型はきらいでした。旋回時にふくらみがちで、低速時の翼端失速が顕著。着陸のとき、フラフラと左右に揺れるのはいやなものです。よかったのは、運動性と速度の調和がとれた五二型ですね。ただし単排気管なのでやかましい。おかげで耳が遠くなりました。

19年10月20日、大分基地での第六〇一航空隊・戦闘第一六一飛行隊のベテランたち。手前右が岩井勉少尉、左は佐々木齊飛曹長。これから空母「瑞鶴」へ飛んで比島沖海戦に参加する。

⑦機銃の数

主翼の二〇ミリ二梃と機首の一三ミリ（一二・七ミリ）一梃（の五二乙型）がいいと思いました。翼にもう二梃を積む（五二丙型）と、高度八〇〇〇メートルでは重くて空戦できない。機首を上げぎみにすると失速がちに陥《おちい》り、機動がそこなわれる。六〇一空の杉山司令に、翼の一三ミリ機銃を「外してもらえませんか」と頼んだら、「お前が言うのだから」とOKが出た。ほかの機もこれにならい、外した機銃は地上火器に使ったようです。口径差による弾道の違いは、一〇〇～一五〇メートルあたりで撃つから影響ありません。

⑧空母の差

「瑞鶴」の飛行甲板は「瑞鳳」にくらべて、格段に大きくて広い。あまり後方の横索（制動用の索）に引っかけると、前方の昇降機《リフト》へ持っていくのに時間がかかり、後続機に迷惑なので、尻から四本目ぐらいを使うのが望ましいほどでした。もちろん甲板が大きい方が発着艦は楽なのですが、「瑞鳳」にはない艦橋構造物が心理的にじゃまになる。ローリング中の発艦のさいに、零戦が右へずれてぶつけるような事故を生じてはならない、と緊張させられるのです。

⑨優れた指揮官

空中指揮官でまず尊敬できるのは、六〇一空の戦闘機隊長だった小林保平《やすへい》大尉。荒武者タイプなので反《そ》りの合わない人もいたでしょうけど。指揮官になると誰でもエンジンが強い機をとるものですが、小林大尉は「エンジンがいちばん弱い飛行機でいいぞ。その方がお前らがついてこれるだろう」と言っていました。つぎが「瑞鳳」の隊長の佐藤正夫大尉ですね。教育部隊には向かない実戦派で、ガミガミ怒鳴りましたが私には合っていた。「瑞鳳」分隊長の中川健二大尉もりっぱな人でした。初陣《ういじん》のB－24攻撃時、兵学校出なのに〔強がらず〕正直に「恐かった」と、下級の私に告げたのは大したものと思いました。

⑩宇垣長官の特攻

終戦で死ぬというのなら、独りで自決すればよかった。同行した搭乗員たちの親にしてみれば、たまらないでしょう。

＊

台南空で分隊士として勤務し、操縦教育に携わっていたとき、訓練を受けていた予備学生から「ゼロファイター・ゴッド」のニックネームを奉《たてまつ》られた件《くだり》が、本文中にある。これは少しも大げさなあるいは過度に自己を賛美した記述ではなく、事実そのままだったのを、彼らに取材した私は知っている。

この『空母零戦隊』は客観的な見地からも、まさしく事実だけをつらねた、第一級の回想記なのだ。

あとがき

この日が訪れるのを十数年前から案じていながら、実際に時を迎えてみると、あらためて多様な感慨にひたらざるを得ない。

本書ができ上がった時点で、戦争が終わってから四分の三世紀。ここに登場していただき、姓名を記した全員が、初版刊行時に物故されている。自著では初めてのケースだ。

近現代史を記述すれば、必ずこうした事態に出会うとはいえ、「ああ、そうなのか……」と、内心が言いようのない気持ちに占められる。取材したときの肉声、やり取りした手紙の筆跡と文面、提供あるいは貸与された諸種資料（主として複製を所持）。それらを得られた当時は「現実」だったのが、とうとう歴史に変わったのだ。

とはいえ、想念にともなう感慨はさておいて、短篇の記述方針、内容の取り上げ方には、なんら変わりはない。各篇、異なるアングルから見つめた記事内容、記述法は、これまでどおりだ。今回の内容の傾向は、戦闘機が主体で、偵察機がそれに次ぐ。
合計九篇の記述的背景は、ざっとこんな具合だ。

〔火中に立つ将校操縦者〕
初出＝「航空ファン」二〇一九年四月号（文林堂）
陸軍の第五十六期航空士官候補生は、海軍では第七十一期兵学校生徒に該当する。予科士官学校の入校時期が昭和十四年十二月で、海兵七十一期と同じだからだ。海軍流に言うなら「コレス」の一種なのだ。
航士五十六期と海兵七十一期は、入校時期を同じくするばかりでなく、部隊内および航空戦での存在感もよく似たイメージがある。ともに中尉／大尉で実戦時期をすごし、若年空中指揮官として戦地の空を果敢に飛んだ。十九年（一九四四年）後半から敗戦にいたるまで、円熟までにはいまひとつ不足する技倆《ぎりょう》で、単機でも編隊長としても、臆《おく》せず見事に率先奮闘している。
対談に登場願った林安仁さんこそ、五十六期の典型的な一人だ。確固たる信念と空中戦に自信を抱き、気後《きおく》れは見せず、かといって過度な自惚《うぬぼ》れは表わさない。もったいぶらず、意志と思考を率直に示してくれた。
特攻隊員の選出時のようすをたずねると、重くはあってもはっきりした口調で、具体的に返答してもらえた。その談話を凌駕《りょうが》する特攻への観念を、他者から耳にできた覚えはほとんどない気がする。搭乗予定に終わった「秋水」の把握と想定は、まさに文句なしのレベルだった。

もっとさまざまに伺っておくべきだった、と今さらに後悔の念しきりである。

〔三式戦留守《るす》隊、中京の空に〕
初出＝「航空ファン」二〇二〇年四月号

飛行部隊の主力が決戦場へ駆り出されたのち、根拠地にとどまった残余戦力もそこで交戦を続けるパターンは、外地において珍しくはない。内地の防空部隊の場合は、B－29の空襲とフィリピン攻防戦がかさなった時期に、陸軍と海軍の戦闘機部隊のいくつかで見受けられ、前者の方が多かった。

陸軍航空で留守隊、残置隊と呼称する、昭和十九年（一九四四年）当時のこうした銃後的組織は、部隊長以下のおおぜいの腕ききが出ていったため、残る人員と機材は少数で、必然的に技倆《ぎりょう》水準、戦闘能力も概して低い。

この〝常識〟をくつがえしたのが飛行第五十五戦隊の留守隊だ。現役将校・代田《しろた》実中尉が率いる〝学鷲〟少尉たちはあまねく奮戦し、とりわけ遠田美穂《とみほ》少尉と安達武夫少尉の活躍は特筆に値する。

指揮官・代田中尉は航士五十六期の出身だ。航士と陸士合同の同期生会は戦後二十四年をへて、全戦死同期生を記録する分厚な追悼《ついとう》文集「礎《いしずえ》」を刊行した。その中に故代田大尉の部分は、姓名と写真、戦死日付、戒名ほかで三分の一ページしか割かれておらず、性格や行動など具体的な説明の表記は一行すらもない。あれほどの闘志を示したにもかかわらず、刊行準備時には製作担当者が資料を得られなかったのだろう。

それを補おうと、本稿で二十年の状況をつづった。残した燦《さん》たる戦果はB－29撃墜二機（うち一機は体当たり）、不確実撃墜一機、撃破二機である。

いまは、ただ冥福を祈るのみ。

〔「隼」各型はいかに戦ったか〕

初出＝「世界の傑作機・一式戦闘機『隼』」一九九七年七月（文林堂）

写真と記事による一機一冊シリーズの冊子のなかで、一式戦の戦闘法を紹介する短い記事を書いた。一型～三型の三型式が、異なる敵機（同じ敵もあるが）に対し、どんな手段の戦闘法で挑み、どんな空戦をくり広げたのかを、得手不得手をふくめて分かりやすく説明してみた。

各型の外形はごく似ていて、能力にさほどの差はないだろうと、かつての自分は漠然と思っていた。しかし、あらためて操縦者が記述した感想を読みなおし、取材時に乗機の回想をたずねると、はっきり異なる特性をそれぞれに有している実際を把握できた。もちろん弱武装の軽戦闘機である本質は変わらないけれども。

対戦闘機戦、対爆撃機戦に分けて我田引水を避け、B5版雑誌で見開き二ページ分の文章にまとめてみると、自分ながら納得しうる、乗り手が体得した各型の実戦ノウハウと評価の、簡略なまとめができていた。

趣旨を変えないまま、もう少し使用面の実例と機材の特徴表現を増して、文章にふくらみを持たせたのがこの短篇だ。写真を見るついでとするなら「世界の傑作機」を開き、いま少し文字量を望むのなら本書を手にしてもらえばいいのではないか。

〔十三期の空中戦〕

初出＝「航空ファン」二〇一九年八月号

第十三期飛行専修予備学生の少尉任官者は四八〇〇名弱。日本軍において、出身別、一期あたりのすべての任官者のうちで問題なく最多だった。

これだけの人数なら学力と体力の二本立て試験で選んだところで、当然に出来、不出来が混在する。

かつて三五年間で、一六〇名の十三期予学出身者に取材した。ほかに、電話連絡して二〇～三〇分話しただけの人も数十名いる。そのおよそ三分の一が戦闘機操縦員だ。言いにくいがそのなかには、人格的に首をかしげる人もいないではなかった。無論こんな様相は、日本軍航空関係者を通じて普遍的だろう。

だが、きちんとした常識人がほとんどで、秀でた知能や性格を、著者のごとき凡人にすら感じさせる賢者、傑物、人格者にも時として出会った。老境に入ったのちに私と交わした短時間の会話によってだから、なまじな卓越さではないはずだ。

航空隊にいたときは軍人なのだから、操縦士官として活動できなければ存在価値は高くない。ながらく取材を続けてくると、話しぶりでこのあたりを知れる感覚がそなわってきて、勘がはずれるケースはほとんどない。

ぴたりと推定が当たったのが、澤口正男さんだった。教師の因子を持つためか、師範学校出身者は対応がていねいかつ確実だから、失意を感じさせられた覚えがない。澤口さんにも誠意が基盤の、落ち着いた受け応えをしてもらえた。

阪神の空域で、重装備の零戦を駆ってB－29に立ち向かい、追いかけてきたP－51に食われなかったようすを、掛値なく語ってくれた。六月にあいついで戦死した福岡将信、町田次男両中尉の苦闘とともに、取材から二〇年をへた現在も忘れがたい。

〔これが「月光」の操縦員〕

初出＝「航空ファン」二〇二〇年七月号

愛知と三重の県境あたりに、温泉レジャー施設の長島温泉があった。名前は聞いていたこの場所へ、初めて出かけたのはもう四三年も前だ。

そのころ私は飛行機雑誌の編集者で、取材でたずねた大橋功《つとむ》さんが「家には何もないから、温泉でも」と連れていってくれた。キャリアの浅さゆえ、お湯の中で雑談をまじえて話をうかがうところまでは行かなかったが、一見豪快な感じなのとは裏腹に、礼儀にあつく、ヒヨコ取材者の質問をきちんと扱ってもらえた。

それから三三年たって、もういちど大橋家へ出向いた。この間に少なからぬ本数の雑誌記事、十余冊の著作を仕上げていたから、知識の量も取材の肝も相当に違っていた。大橋さんもたび重なる電話の質問で私になれて、気楽な対応ぶりを示してくれた。これまでどおり率直な回想の返事にそえて、ぽつりぽつりと身内的な話題が加わった。私にとって得がたい打ち明け話だ。

ノートに取ったそれらを、帰途の新幹線で読んでみて、うなる気持ちだった。「月光」分隊員たちの長所のほかに、欠点にもいくらかふれているが、言葉に救いが感じられた。ピシリと決めつけた人物評は皆無だった。自分の成果を誇示せず、「うれしかった」「よくもやれましたよ」と表現した。

二〇一五年の一月に、「去年、自転車でバイクと衝突して、右足骨折で一ヵ月の入院でした」の電話。「ええっ、それは大変でしたね」「なあに〝不時着の大橋〟だから。いまは杖なしで歩けます」。

他人には意味をつかみ難いこんな会話を、交わす機会はもはやない。


〈偵察機で飛び抜けた!〉

初出=「航空ファン」二〇一六年六月号
二〇〇〇年をすぎたころまでは、被取材者当人のキャリアよりも、所属した部隊あるいは扱った機材に関して、状況をたずねる質問が主体だった。空戦史あるいは飛行機物語を、まとめるのが狙いだったから。

三八年前に市野明さんを調布飛行場にたずねたときも、夜間戦闘機「月光」の〝兄弟分〟二式陸上偵察機の、南東方面での運用の是非を教えてもらおうと思ったのだ。レシプロエンジンの音が響く事務所の中で、市野さんは二式艦上偵察機、百式司令部偵察機との比較を述べながら、二式陸偵の貢献度の低さを分かりやすく語った。

元来の聡明さと自意識を押さえる沈着、民間飛行会社の運航部長の役職がらが相まって、ベテラン搭乗員から見た偵察談義は奥行きが深いうえに分かりやすい。「彩雲」での沖縄戦にいたるまで、筆記するよりも聴きたさがつのった。

市野さんの回想を内容にふくんだ拙著は一九八二年に出版された。主題が夜間戦闘機なので登場願った行数は多くなく、もっと違ったかたちの原稿を書かねば、と思いながら三〇年以上がすぎてしまった。

市野さん、申しわけありません！

〔将校偵察員が体感した二年間〕

初出＝「航空ファン」二〇二〇年二月号
「もう訊《き》けないでしょうから、しっかり取材しておいて下さいね」

タイミングの合った夫人の励ましが、本江《ほんえ》博さんと私に元気をくれた。

兵学校出身の偵察員は少数派だから、本人の搭乗員歴と戦歴のほかに、聞いておきたい事項がたくさんあった。このとき八十歳ながら、記憶にあやふやさはまず見られない。きちんとした対応で始まり、マリアナ沖海戦の前後と交戦時の回想では、その場にいるような感覚を味わわせてもらえた。

私が伺うよりもだいぶ前に、小説主体の作家が訪れて質問を寄せたそうだが、「主人の答え方〔のニュアンス〕が、そのときと違います」と夫人が少し言葉をはさみ、冒頭のせりふを続けたのだ。

立て板に水を流す饒舌《じょうぜつ》ではないけれども、語り口には確固たるメリハリをともなって、ブレた部分、曖昧な説明がなかった。その口調がいささか怯《ひる》んだと思えたのは、五航艦長官・宇垣纏《まとめ》中将の特攻出撃の感想を求めたときだ。

肝胆あい照らす同期生に操縦させた、兵学校の大先輩への批判が出るのか、あるいはやむを得ざる任務だったと納得しているのか。
ぜひ知りたかった返答は、予想外でもあり、そういうものかとも思える、やや意外の感を私にもたらした。

〔玉砕島テニアンの飛行士〕
初出＝「航空ファン」二〇一九年一月号
横森直行さんに会ったのも、二式陸偵がらみだった。
紹介されて面談するまで、予備学生出身の部隊幹部としか素性が分からなかった。
身体の不調により飛行科予備学生から、新設の地上職・飛行要務士に変わって、マリアナで米軍の上陸を目の当《ま》たりにした。こんな特異な経歴とは、話してもらうまで予備知識がなく、敵軍と対峙《たいじ》したイレギュラーな緊迫感に、内心驚嘆した。
よく戦った証《あか》しなのに、二〇〜三〇年前まで日本人のなかには、捕虜生還者に特異な視線を向ける者たちがいた。だから、抱きがちな暗い心情を懸念し、よけいな取材依頼をして負担をかけたのでは、と申しわけなさが表われた。
けれども横森さんの話しぶりに、筆者が案じた感情は見受けられず、力強い状況説明と行き届いた心境表示が続いた。そうした語り口は、聴き手を待っていたゆえではないかのごとくに察せられた。

横森さんはその後、角田覚治中将を主体に当時を記した回想を刊行した。きちんとまとまった記述、興味がとぎれない長篇だが、そのなかの何ヵ所かはなにゆえか、筆者に語られた談話とは異なる説明がなされていた。

拙作ではどの部分も、取材時の談話に基づいてつづってある。

ところで、文中に出てくる米艦隊泊地のメジュロ環礁へ、学生だった半世紀前の私は下宿の友人・渡利賢治君と旅行した。大手旅行社の幹部スタッフでも、マーシャル諸島への行き方を熟知していないころだ。

澄みきった明るい海と、実を付けた椰子《やし》の木。内海で泳いでいると、樹上から島民の子供が「鮫《シャーク》だ、サメ《シャーク》だ！」と騒いで笑う。ただ一軒の食堂でテリヤキステーキ（統治領時代の日本語のなごり）を食べながら、ジョークにひるんだ自分たちを笑い合った。環礁のはずれの砂浜には、九九式艦上爆撃機の胴体の残骸があって、往時をしのばせた。

あれから歳月が流れ、渡利君は関西で腕《うで》っ扱《こ》きの料理人／名オーナーとして存在価値を高めている。この一篇をまとめながら、島ですごした異質な時間が脳裡をよぎった。

〔飛行機乗りに関わる思い出〕
初出＝「埋もれた蒼穹《そうきゅう》」（文春ネスコ　二〇〇四年四月刊など）

雑誌に載せる短文、文庫本の解説なども、おろそかにしないのが私の性分だ。

この短篇は、月刊誌「航空ファン」「航空情報」（酣燈社）掲載の随筆、「本土防空戦」（改訂新版　一九九七年　朝日ソノラマ）のあとがき、「空母零戦隊」（岩井勉著　二〇〇一年　分春文庫）の解説を合わせ、ほかに新原稿二作などを加えてまとめた小品集で、それぞれにパイロットたちの一側面を著者流にとらえようと筆を運んだ。文体も内容に見合うかたちで異ならせた。

このなかで、取材につぐ密度で当時をうかがったのが、特務士官の腕きき搭乗員だった岩井勉さんである。日本機ファンのうちで存在をよく知られた人の、文庫版著作の解説だから、お茶をにごすような安直な内容は許されない。

そこで在宅のところへ連絡して、短篇を書けるほどの質問をさせてもらった。どの問いにも的確で率直な説明が返ってきて、岩井さんの、ひいては大戦前の予科練出身者の頭の切れ味を、如実に知らされた。

この部分だけでも吟味熟読を願えれば、八つの小篇をとりまとめ九番目の一作に仕立てて、この本に付け加えた意義はあった、と認めていただけるのではないか。

以上九点の短篇はいずれも、これまで既刊文庫本に掲載されていない。九篇目だけは、他社刊の文庫二冊に一部分ずつを掲載したが増補を加えてあり、篇全体としては初のお目見えだ。つまり、NF文庫で出してきたわが短篇集の一四冊目にして、最初のオール初出本の登場にいたった。

もともと出版界では、長く残したい作品を選んで、文庫の列に加える方式が採られていた。つまり名作の園に加わる栄誉を与えられたのが文庫化だったのだ。ところがもうだいぶ前に、書下ろしをいきなり文庫版で出すかたちが用いられ始めた。それをきっかけに、廉価《れんか》・手軽な本へと定義が変わり、今日《こんにち》ではそれで誰もがなんら違和感を覚えない。

残す価値があろうからと著者がいくら力もうが、いまは消え去った一〇～三〇年前の文庫本で読み終えたベテラン読者にとっては、一～三篇の新作が入り、それ以外の作に多少の改訂増補がなされていても既読感は覆《おお》えず、ある種二度買いの念を抱かれてしまう可能性を防ぎようがない。そうした事態のほとんどを、今回の短篇集では避けられるわけだ。

ところで、この文庫一四冊で書き記した短篇は一三四作。四七年間かかったから、均《なら》せば一年に三作たらず。ほかに長篇や写真集も出しているので、このあたりで手いっぱいだった。知られざる空の戦い、直接取材をかさねての真説探索、実体が不明な機器の実状、有名戦闘機の通史などなど。

第三者に協力を願い、また他者に協力すると、どうしても各種の面から貸借意識の産物に傾きがちだから、自分だけで取材～記述～刊行への流れを取り仕切った。その結果、必然的に時間不足、手間不足は避けられず、いきおい妥協《だきょう》意識との闘いの連続である。けれども例外はあった。

ちょうど四半世紀まえ、岐阜県南部の各務原を正しくはどう読むのか、書いていて迷った。漢字では各務ヶ原と各務原、読みは「かがみがはら」「かかみがはら」「かがみはら」の三種、駅名もJRと名古屋鉄道で表記と読みが異なる。迷ったあげくに、航空自衛隊・岐阜基地へ電話した。いちばん確実な答えをもらえそうだったから。

基地広報をリードしていたのが、このとき二等空尉の寺島一彦さんだ。寺島さんからの第一声は「審査部を書かれた渡辺さんですか？」と来たから、以後の会話はごく順調に進んだ。読者が相談役の立場だと、奇妙な質問もすぐ理解してもらえ、どれが好ましい正解かを実例をあげて教えてくれた。

決して出しゃばらず、過度な協力や無理な回答は示さないが、その後も折にふれ趣味の日本航空史の独自調査で得た事実を、雑談にまじえて披露する。地味ながら知られざる㊙の事実、私にとっては手が届かないデータを、不思議な人脈から入手してくれる。本務を利用しての余禄なんかではもちろんない。会いたい分野の人物の紹介にもあずかった。

交友のあいだに唯一残念だったのは、二度おもむいたウナギ屋で、傍流料理のナマズ蒲焼きを食べ損なった運のなさについてだ。だがそれも、ときどき回想談義に出して楽しめる、なつかしい思い出だから価値はある。貸借意識を不要にできる、文筆作業へのただ一人の協力者は、退官後のいまも、探り出した思いがけないソースから、種々の得がたい素材を提示してくれるのだ。

書き進める文章内容に関わる配慮、取捨選択ばかりでなく、視覚からの理解と判断も大事だ。鮮度も必要だから、掲載写真の点数はできるだけ増やしている。かねてから保存してきたネガフィルムからの銀塩写真は、以前にご紹介ずみの野中彰さんの円熟・秀逸な技倆《ぎりょう》によって、文句のないレベルで現用できる。

新たに用意したデジタル方式によるものは、大内美春さんに紙焼きを仕上げてもらった。フォトラボ機器を用いた印画でも、原写真（もちろんアナログ）の露出や焼き込みイレギュラーの是正、背景の明暗度にともなう主要被写体への影響を、画像内容に合わせて適切に抑えるには、正しい感性と推測にもとづく好判断力を要する。

もともと感覚と手腕を確立させていた大内さんは、飛行機写真に特有の要注意点をうるさく示す筆者の注文を、あやまたず適切に取りこんで、短期間のうちにこの分野でも熟達のレベルに到達してくれた。メモリーに入った当初からデジタルの写真にも無論、手ぬかりは見られなかった。

もう一つ感心するのは、ランダム、杜撰《ずさん》な取りまとめ的指定のネガシート、USBメモリーへの、いささかの混乱もない事務処理能力。記述に疲れ果てて店頭できちんと説明できていなくとも、一度につき百数十点のコマやサイズに間違いが皆無なのは、とうてい私の及ぶところではない。

編集感覚と製作の力量を信頼している小野塚康弘さんに、今回もたくみに仕上げてもらった本書は、このような意味でも著者にとって意義ぶかい一冊であり、出版からの時間の経過にかかわらず、刊行時の満足感が残り続けるに違いない。

二〇二一年十月

渡辺洋二

NF文庫

戦場を飛ぶ
二〇二一年十一月二十四日　第一刷発行
著　者　渡辺洋二
発行者　皆川豪志
発行所　株式会社　潮書房光人新社
〒100-8077　東京都千代田区大手町一-七-二
電話／〇三-六二八一-九八九一代
印刷・製本　凸版印刷株式会社
定価はカバーに表示してあります
乱丁・落丁のものはお取りかえ
致します。本文は中性紙を使用
ISBN978-4-7698-3237-9　C0195
http://www.kojinsha.co.jp

NF文庫

刊行のことば

第二次世界大戦の戦火が熄《や》んで五〇年——その間、小社は夥しい数の戦争の記録を渉猟し、発掘し、常に公正なる立場を貫いて書誌とし、大方の絶讃を博して今日に及ぶが、その源は、散華された世代への熱き思い入れであり、同時に、その記録を誌して平和の礎とし、後世に伝えんとするにある。

小社の出版物は、戦記、伝記、文学、エッセイ、写真集、その他、すでに一、〇〇〇点を越え、加えて戦後五〇年になんなんとするを契機として、「光人社NF（ノンフィクション）文庫」を創刊して、読者諸賢の熱烈要望におこたえする次第である。人生のバイブルとして、心弱きときの活性の糧《かて》として、散華の世代からの感動の肉声に、あなたもぜひ、耳を傾けて下さい。